考《かんが》えを深《ふか》める

教《きよう》科《か》書《しよ》のお話《はなし》

6年《ねん》生《せい》

考《かんが》えを深《ふか》める

教《きょう》科《か》書《しょ》のお話《はなし》

6年《ねん》生《せい》

もくじ

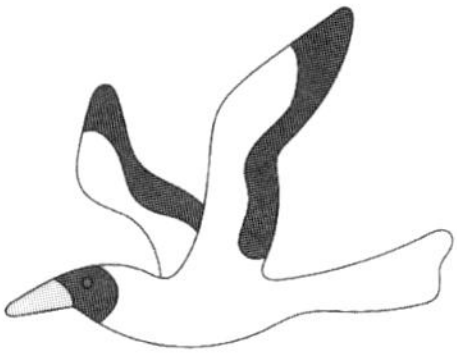

（★）の作品は長編のため、一部を掲載しています。続きはぜひ単行本を読んでみてください。

カバーイラスト 髙橋あゆみ

はじめに

この本《ほん》を読《よ》むみなさんへ

この本《ほん》は、教科書《きょうかしょ》に掲載《けいさい》されている物語《ものがたり》を紹介《しょうかい》しています。例《たと》えば、「海《うみ》のいのち」や「ヒロシマの歌《うた》」。「海《うみ》のいのち」は、次《つぎ》のような一文《いちぶん》で物語《ものがたり》が始《はじ》まります。「父《ちち》もその父《ちち》も、そのさきずっと顔《かお》も知《し》らない父親《ちちおや》たちがすんでいた海《うみ》に、太一《たいち》もまたすんでいた。」この一文《いちぶん》が意味《いみ》することはどんなことでしょう?

また「ヒロシマの歌《うた》」で描《えが》かれているのは第二次世界大戦《だいにじせかいたいせん》の広島《ひろしま》です。戦争《せんそう》を経験《けいけん》していない世代《せだい》の私《わたし》たちが、この物語《ものがたり》を読《よ》むことで、これからどのように生《い》きていくか、戦争《せんそう》とどう向《む》き合《あ》っていくとよいのか。皆《みな》さんにも、ぜひ考《かんが》えてほしいと思《おも》います。

AI《エーアイ》やデジタルが社会《しゃかい》の中心《ちゅうしん》となって予測不可能《よそくふかのう》な時代《じだい》を迎《むか》える今《いま》だからこそ、これから成長《せいちょう》する皆《みな》さんには心《こころ》を豊《ゆた》かに育《そだ》ててほしいと願《ねが》い、本書《ほんしょ》を編集《へんしゅう》しました。

これらの作品《さくひん》にこめられたメッセージは、今《いま》、私《わたし》たちが失《うしな》いかけている大切《たいせつ》なことかもしれません。

保護者《ほごしゃ》の方《かた》へ

小学校《しょうがっこう》の時《とき》に読《よ》んだ物語《ものがたり》、といわれて、大人《おとな》になった皆《みな》さんが思《おも》いうかべるお話《はなし》はなんでしょう？　「おおきなかぶ」「モチモチの木《き》」「ごんぎつね」「海《うみ》のいのち」など、今《いま》も教科書《きょうかしょ》に掲載《けいさい》されているお話《はなし》を思《おも》い出《だ》された方《かた》もいらっしゃることでしょう。

本書《ほんしょ》は、今《いま》の子《こ》どもたちにはもちろん、かつて子《こ》どもだった大人《おとな》の皆《みな》さんにもお勧《すす》めしたい一冊《さつ》です。親子《おやこ》で読《よ》んでいただき、ぜひお話《はなし》についての感想《かんそう》を話《はな》し合《あ》ってみてください。いつのまにか、本音《ほんね》で話《はな》し合《あ》っていることに気《き》づくことでしょう。共通《きょうつう》の題材《だいざい》について、自由《じゆう》に感想《かんそう》を話《はな》し合《あ》うことが、子《こ》どもたちの心《こころ》を育《そだ》てることにつながります。大人《おとな》の皆《みな》さんにとっても、それはかけがえのない時間《じかん》になると思《おも》います。

読書《どくしょ》は、「非認知能力《ひにんちのうりょく》」を育《はぐく》むのに効果的《こうかてき》です。好奇心《こうきしん》や共感性《きょうかんせい》、コミュニケーション能力《のうりょく》などの非認知能力《ひにんちのうりょく》は、学校生活《がっこうせいかつ》だけでなく、社会生活《しゃかいせいかつ》においても役立《やくだ》ちます。非《ひ》認知能力《にんちのうりょく》を育《はぐく》むことで、子《こ》どもたちはより豊《ゆた》かな心持《こころも》ちで過《す》ごすことができるでしょう。本書《ほんしょ》は読《よ》み物《もの》としてだけでなく、コミュニケーションのための一冊《さつ》としても、ぜひ活用《かつよう》していただきたいと思《おも》います。さあ皆《みな》さんでお話《はなし》の世界《せかい》を楽《たの》しみましょう！

筑波大学附属小学校《つくばだいがくふぞくしょうがっこう》　国語科教諭《こくごかきょうゆ》　白坂《しらさか》　洋一《よういち》

やまなし

小《ちい》さな谷川《たにがわ》の底《そこ》をうつした二枚《まい》の青《あお》い幻燈《げんとう》です。

[作] 宮沢賢治《みやざわけんじ》
[絵] 髙橋《たかはし》あゆみ

一、五月《がつ》

二ひきのかにの子《こ》どもらが青《あお》じろい水《みず》の底《そこ》で話《はな》していました。

「クラムボンはわらったよ。」

「クラムボンはかぷかぷわらったよ。」

「クラムボンははねてわらったよ。」

「クラムボンはかぷかぷわらったよ。」

上《うえ》のほうや横《よこ》のほうは、青《あお》くらくはがねのように見《み》えます。そのなめらかなてんじょうを、つぶつぶ暗《くら》いあわが流《なが》れていきます。

「クラムボンはわらっていたよ。」

「クラムボンはかぷかぷわらったよ。」

「それならなぜクラムボンはわらったの。」

「知《し》らない。」

つぶつぶあわが流《なが》れていきます。かにの子《こ》どもらもぽつぽつぽつとつづけて五六《ごろく》つぶあわをはきました。それはゆれながら水銀《すいぎん》のように光《ひか》ってななめに上《うえ》のほうへのぼっていきました。

つうと銀《ぎん》のいろの腹《はら》をひるがえして、一ぴきの魚《さかな》が頭《あたま》の上《うえ》を過《す》ぎていきました。

「クラムボンは死《し》んだよ。」

「クラムボンはころされたよ。」

「クラムボンは死《し》んでしまったよ……。」

「ころされたよ。」

「それならなぜころされた。」

兄《にい》さんのかには、その右側《みぎがわ》の四本《ほん》の脚《あし》の中《なか》の二本《ほん》を、弟《おとうと》の平《ひら》べったい頭《あたま》にのせながらいいました。

「わからない。」

魚《さかな》がまたツウともどって下流《かりゅう》のほうへいきました。

「クラムボンはわらったよ。」

「わらった。」

にわかにパッと明《あか》るくなり、日光《にっこう》の黄金《きん》は夢《ゆめ》のように水《みず》の中《なか》に降《ふ》ってきました。

波《なみ》からくる光《ひかり》の網《あみ》が、底《そこ》の白《しろ》い磐《いわ》の上《うえ》で美《うつく》しくゆらゆらのびたりちぢんだりしました。あわや小《ちい》さなごみからはまっすぐな影《かげ》の棒《ぼう》が、ななめに水《みず》の中《なか》に並《なら》んで立《た》ちました。

魚《さかな》がこんどはそこらじゅうの黄金《きん》の光《ひかり》をまるっきりくちゃくちゃにしておまけに自《じ》分《ぶん》は鉄《てつ》いろにへんに底《そこ》びかりして、また上流《かみ》のほうへのぼりました。

「お魚《さかな》はなぜああ行《い》ったりきたりするの。」

弟《おとうと》のかにがまぶしそうに眼《め》を動《うご》かしながらたずねました。

「なにか悪《わる》いことをしてるんだよとってるんだよ。」

「とってるの。」

「うん。」

そのお魚《さかな》がまた上流《かみ》からもどってきました。こんどはゆっくり落《お》ちついて、ひれも尾《お》も動《うご》かさずただ水《みず》にだけ流《なが》されながらお口《くち》を環《わ》のようにまるくしてやってきました。その影《かげ》は黒《くろ》くしずかに底《そこ》の光《ひかり》の網《あみ》の上《うえ》をすべりました。

「お魚《さかな》は……。」

その時《とき》です。にわかにてんじょうに白《しろ》いあわがたって、青《あお》びかりのまるでぎらぎらする鉄砲《てっぽう》だまのようなものが、いきなり飛《と》びこんできました。

兄《にい》さんのかにははっきりとその青《あお》いもののさきがコンパスのように黒《くろ》くとがっているのも見《み》ました。と思《おも》ううちに、魚《さかな》の白《しろ》い腹《はら》がぎらっと光《ひか》って一《いっ》ぺんひるがえり、上《うえ》のほうへのぼったようでしたが、それっきりもう青《あお》いものも魚《さかな》のかたちも見《み》えず光《ひかり》の黄金《きん》の網《あみ》はゆらゆらゆれ、あわはつぶつぶ流《なが》れました。

二ひきはまるで声《こえ》も出《で》ず＊いすくまってしまいました。

お父《とう》さんのかにが出《で》てきました。

「どうしたい。ぶるぶるふるえているじゃないか。」

＊座《すわ》ったまま動《うご》けなくなること。

「お父《とう》さん、いまおかしなものがきたよ。」

「どんなもんだ。」

「青《あお》くてね、光《ひか》るんだよ。はじがこんなに黒《くろ》くとがってるの。それがきたらお魚《さかな》が上《うえ》へのぼって行《い》ったよ。」

「そいつの眼《め》が赤《あか》かったかい。」

「わからない。」

「ふうん。しかし、そいつは鳥《とり》だよ。かわせみというんだ。だいじょうぶだ、安心《あんしん》しろ。おれたちはかまわないんだから。」

「お父《とう》さん、お魚《さかな》はどこへ行《い》ったの。」

「魚《さかな》かい。魚《さかな》はこわいところへ行《い》った。」

「こわいよ、お父《とう》さん。」

「いい、いい、だいじょうぶだ。心配《しんぱい》するな。そら、かばの花《はな》が流《なが》れてきた。ごらん、きれいだろう。」

あわといっしょに、白《しろ》いかばの花《はな》びらがてんじょうをたくさんすべってきました。

「こわいよ、お父《とう》さん。」

弟《おとうと》のかにもいいました。

光《ひかり》の網《あみ》はゆらゆら、のびたりちぢんだり、花《はな》びらの影《かげ》はしずかに砂《すな》をすべりました。

二、十二月《がつ》

かにの子《こ》どもらはもうよほど大《おお》きくなり、底《そこ》の景色《けしき》も夏《なつ》から秋《あき》のあいだにすっかり変《かわ》りました。

白《しろ》いやわらかなまる石《いし》もころがってき小《ちい》さなきりの形《かたち》の水晶《すいしょう》のつぶや、金雲母《きんうんも》のかけらもながれてきてとまりました。

そのつめたい水《みず》の底《そこ》まで、ラムネのびんの月光《げっこう》がいっぱいにすきとおりてんじょうでは波《なみ》が青《あお》じろい火《ひ》を、燃《も》したり消《け》したりしているよう、あたりはしんとして、ただいかにも遠《とお》くからというように、その波《なみ》の音《おと》がひびいてくるだけです。

かにの子《こ》どもらは、あんまり月《つき》が明《あか》るく水《みず》がきれいなのでねむらないで外《そと》に出《で》て、しばらくだまってあわをはいててんじょうのほうを見《み》ていました。

「やっぱりぼくのあわは大《おお》きいね。」

「兄《にい》さん、わざと大《おお》きくはいてるんだい。ぼくだってわざとならもっと大《おお》きくはけるよ。」

「はいてごらん。おや、たったそれきりだろう。いいかい、兄《にい》さんがはくから見《み》ておいで。そら、ね、大《おお》きいだろう。」

「大《おお》きかないや、おんなじだい。」

「近《ちか》くだから自分《じぶん》のが大《おお》きく見《み》えるんだよ。そんならいっしょにはいてみよう。いいかい、そら。」

「やっぱりぼくのほう大《おお》きいよ。」

「ほんとうかい。じゃ、も一つはくよ。」

「だめだい、そんなにのびあがっては。」

またお父《とう》さんのかにが出《で》てきました。

「もうねろねろ。おそいぞ、あしたイサドへつれて行《い》かんぞ。」

「お父《とう》さん、ぼくたちのあわどっち大《おお》きいの。」

「それは兄《にい》さんのほうだろう。」

「そうじゃないよ、ぼくのほう大《おお》きいんだよ。」

弟《おとうと》のかには泣《な》きそうになりました。

そのとき、トブン。

黒《くろ》いまるい大《おお》きなものが、てんじょうから落《お》ちてずうっとしずんでまた上《うえ》へのぼって行《い》きました。キラキラッと黄金《きん》のぶちがひかりました。

「かわせみだ。」

子《こ》どもらのかにはくびをすくめていいました。

お父《とう》さんのかには、遠《とお》めがねのような両方《りょうほう》の目《め》をあらんかぎりのばして、よくよく見《み》てからいいました。

「そうじゃない。あれはやまなしだ、流《なが》れて行《い》くぞ、ついて行《い》って見《み》よう、ああいいにおいだな。」

なるほど、そこらの月《つき》あかりの水《みず》の中《なか》は、やまなしのいいにおいでいっぱいでした。

三びきはぼかぼか流《なが》れて行《い》くやまなしのあとを追《お》いました。

その横《よこ》あるきと、底《そこ》の黒《くろ》い三つの影《かげ》ぼうしが、合《あわ》せて六つ踊《おど》るようにして、やまなしのまるい影《かげ》を追《お》いました。

まもなく水《みず》はサラサラ鳴《な》り、てんじょうの波《なみ》はいよいよ青《あお》いほのおをあげ、やまなしは横《よこ》になって木《き》の枝《えだ》にひっかかってとまり、その上《うえ》には月光《げっこう》のにじがもかもか集《あつ》まりました。

「どうだ、やっぱりやまなしだよ、よく熟《じゅく》している、いいにおいだろう。」

「おいしそうだね、お父《とう》さん。」

「待《ま》て待《ま》て、もう二日《ふつか》ばかり待《ま》つとね、こいつは下《した》へしずんでくる、それからひとりでにおいしいお酒《さけ》ができるから、さあ、もう帰《かえ》って寝《ね》よう、おいで。」

親子《おやこ》のかには三びき自分《じぶん》らの穴《あな》に帰《かえ》って行《い》きます。

波《なみ》はいよいよ青《あお》じろいほのおをゆらゆらとあげました。

それはまた金剛石《こんごうせき》の粉《こな》をはいているようでした。

＊

私《わたくし》の幻燈《げんとう》はこれでおしまいであります。

あの坂《さか》をのぼれば

［作］杉《すぎ》みき子《こ》
［絵］宮岡瑞樹《みやおかみずき》

——あの坂《さか》をのぼれば、海《うみ》が見《み》える。

少年《しょうねん》は、朝《あさ》から歩《ある》いていた。草《くさ》いきれがむっとたちこめる山道《やまみち》である。顔《かお》も背《せ》すじも汗《あせ》にまみれ、休《やす》まず歩《ある》く息《いき》づかいがあらい。

——あの坂《さか》をのぼれば、海《うみ》が見《み》える。

それは、おさないころ、添《そ》い寝《ね》の祖母《そぼ》から、いつも子守唄《こもりうた》のように聞《き》かされたことだった。うちのうらの、あの山《やま》をひとつこえれば、海《うみ》が見《み》えるんだよ、と。

その、山《やま》ひとつ、ということばを、少年《しょうねん》は正直《しょうじき》にそのまま受《う》けとめていたのだが、それはどうやら、しごく大《おお》ざっぱなことばのあやだったらしい。げんに、いまこうして、峠《とうげ》を二つ三つとこえても、まだ海《うみ》は見《み》えてこないのだから。

それでも少年《しょうねん》は、呪文《じゅもん》のように心《こころ》にとなえて、のぼってゆく。

——あの坂《さか》をのぼれば、海《うみ》が見《み》える。

のぼりきるまで、あと数歩《すうほ》。なかばかけだすようにして、少年《しょうねん》はその頂《いただき》に立《た》つ。しかし、見《み》おろすゆくては、またも波《なみ》のように、くだってのぼって、そのさきの見《み》えない、長《なが》い長《なが》い山道《やまみち》だった。

少年《しょうねん》は、がくがくする足《あし》をふみしめて、もういちど気力《きりょく》をふるいおこす。

——あの坂《さか》をのぼれば、海《うみ》が見《み》える。

少年《しょうねん》は、いま、どうしても海《うみ》を見《み》たいのだった。こまかく言《い》えばきりもないが、やりたくてやれないことのかずかずの重荷《おもに》が背《せ》につもりつもったとき、少年《しょうねん》は、磁石《じしゃく》が北《きた》を指《さ》すように、まっすぐに海《うみ》を思《おも》ったのである。自分《じぶん》の足《あし》で、海《うみ》を見《み》てこよう。山《やま》ひとつこえたら、ほんとうに海《うみ》があるのをたしかめてこよう、と。

——あの坂《さか》をのぼれば、海《うみ》が見《み》える。

しかし、まだ海《うみ》は見《み》えなかった。はうようにしてのぼってきたこの坂《さか》のゆくても、やはりいままでとおなじ、はてしない上《のぼ》り下《くだ》りのくりかえしだったのである。

もう、やめよう。

きゅうに、道《みち》ばたにすわりこんで、少年《しょうねん》はうめくようにそう思《おも》った。こんなにつらい思《おも》いをして、坂《さか》をのぼったりおりたりして、いったいなんの得《とく》があるのか。このさき、山《やま》をいくつこえたところで、ほんとうに海《うみ》へ出《で》られるのかどうか、わかったものじゃない……。

ひたいににじみでる汗《あせ》をそのままに、草《くさ》の上《うえ》にすわって、とおりぬける山風《やまかぜ》に吹《ふ》かれていると、なにもかも、どうでもよくなってくる。じわじわと、疲労《ひろう》が胸《むね》につきあげてきた。

日《ひ》はしだいに高《たか》くなる。これから帰《かえ》る道《みち》のりの長《なが》さを思《おも》って、重《おも》いため息《いき》をついたとき、少年《しょうねん》はふと、生《い》きものの声《こえ》を耳《みみ》にしたと思《おも》った。

声《こえ》は、上《うえ》から来《く》る。ふりあおぐと、すぐ頭上《ずじょう》を、光《ひかり》が走《はし》った。つばさの長《なが》い、まっ白《しろ》い大《おお》きな鳥《とり》が一羽《わ》、ゆっくりと羽《は》ばたいて、先導《せんどう》するようにつぎの峠《とうげ》をこえてゆく。

——あれは、海鳥《うみどり》だ！

少年《しょうねん》はとっさに立《た》ちあがった。

海鳥《うみどり》がいる。海《うみ》が近《ちか》いのにちがいない。そういえば、あの坂《さか》の上《うえ》の空《そら》の色《いろ》は、たしかに海《うみ》へとつづくあさぎ色《いろ》だ。

こんどこそ、海《うみ》につけるのか。

それでも、ややためらって、ゆくてを見《み》はるかす少年《しょうねん》の目《め》のまえを、蝶《ちょう》のようにひ

らひらと、白《しろ》いものが舞《ま》いおちる。てのひらをすぼめて受《う》けとめると、それは、雪《ゆき》のようなひとひらの羽毛《うもう》だった。

——あの鳥《とり》の、おくりものだ。

ただ一片《いっぺん》の羽根《はね》だけれど、それはたちまち少年《しょうねん》の心《こころ》に、白《しろ》い大《おお》きなつばさとなって羽《は》ばたいた。

——あの坂《さか》をのぼれば、海《うみ》が見《み》える。

少年《しょうねん》はもういちど、力《ちから》をこめてつぶやく。

しかし、そうでなくともよかった。いまはたとえ、このあと三つの坂《さか》、四つの坂《さか》をこえることになろうとも、かならず海《うみ》に行《い》きつくことができる、行《い》きついてみせる。

白《しろ》い小《ちい》さな羽根《はね》をてのひらにしっかりとくるんで、ゆっくりと坂《さか》をのぼってゆく少《しょう》年《ねん》の耳《みみ》に——あるいは心《こころ》の奥《おく》にか——かすかなしおざいのひびきが聞《き》こえはじめていた。

きつねの窓《まど》

［作］安房直子《あわなおこ》　［絵］長野《ながの》ともこ

いつでしたか、山《やま》で道《みち》にまよったときの話《はなし》です。ぼくは、自分《じぶん》の山小屋《やまごや》にもどるところでした。歩《ある》きなれた山道《やまみち》を、鉄砲《てっぽう》をかついで、ぼんやり歩《ある》いていました。そう、あのときは、まったくぼんやりしていたのです。むかし、大《だい》すきだった女《おんな》の子《こ》のことなんかを、とりとめなく考《かんが》えながら。

道《みち》をひとつまがったとき、ふと、空《そら》がとてもまぶしいと思《おも》いました。まるで、みがきあげられた青《あお》いガラスのように……すると、地面《じめん》も、なんだか、うっすらと青《あお》いのでした。

「あれ？」

一瞬《いっしゅん》、ぼくは、立《た》ちすくみました。まばたきを、二つばかりしました。ああ、そこは、いつもの見《み》なれた杉林《すぎばやし》ではなく、ひろびろとした野原《のはら》なのでした。それも、一面《いちめん》、青《あお》いききょうの花畑《はなばたけ》なのでした。

ぼくは、息《いき》をのみました。いったい、自分《じぶん》は、どこをどうまちがえて、いきなりこんな場所《ばしょ》にでくわしたのでしょう。だいいち、こんな花畑《はなばたけ》が、この山《やま》には、あったのでしょうか。

〈すぐ、ひきかえすんだ。〉

ぼくは、自分《じぶん》に命令《めいれい》しました。そのけしきは、あんまり美《うつく》しすぎました。なんだか、そらおそろしいほどに。

けれど、そこには、いい風《かぜ》がふいていて、ききょうの花畑《はなばたけ》は、どこまでもどこまでもつづいていました。このままひきかえすなんて、なんだかもったいなさすぎます。

「ほんのちょっとやすんでいこう。」

ぼくは、そこにこしをおろして、あせをふきました。

と、そのとき、ぼくの目《め》のまえを、チラリと、白《しろ》いものが走《はし》ったのです。ぼくは、がばっと立《た》ちあがりました。ききょうの花《はな》が、ざざーっと一列《いちれつ》にゆれて、その白《しろ》い生《い》きものは、ボールがころげるように走《はし》っていきました。

たしかに、白《しろ》ぎつねでした。まだ、ほんの子《こ》どもの。ぼくは、鉄砲《てっぽう》をかかえると、そのあとを追《お》いました。

ところが、そのはやいことといったら、ぼくが、必死《ひっし》で走《はし》っても、追《お》いつけそうにありません。ダンと一発《いっぱつ》やってしまえば、それでいいのですが、できれば、ぼくは、きつねの巣《す》をみつけたかったのです。そして、そこにいる親《おや》ぎつねをしとめたいと思《おも》ったのです。けれど、子《こ》ぎつねは、ちょっと小高《こだか》くなったあたりへきて、いきなり、花《はな》の中《なか》にもぐったと思《おも》うと、それっきりすがたを消《け》しました。

ぼくは、ぽかんと立《た》ちすくみました。まるで、昼《ひる》の月《つき》を見《み》うしなったような感《かん》じです。うまいぐあいに、はぐらかされたと思《おも》いました。

このとき。

うしろで、

「いらっしゃいまし。」

と、へんな声《こえ》がしました。おどろいてふりむくと、そこには、小《ちい》さな店《みせ》があるのでした。入口《いりぐち》に、

〝そめもの　ききょう屋《や》〟

と、青《あお》い字《じ》のかんばんが見《み》えました。そして、そのかんばんの下《した》に、紺《こん》のまえかけをした子《こ》どもの店員《てんいん》がひとり、ちょこんと立《た》っていました。ぼくには、すぐわかりまし

た。

〈ははあ、さっきの子《こ》ぎつねがばけたんだ。〉

すると、胸《むね》のおくから、おかしさが、くつくつと、こみあげてきました。ふうん、これはひとつ、だまされたふりをして、きつねをつかまえてやろうと、ぼくは思《おも》いました。そこで、せいいっぱい、あいそわらいをして、

「すこしやすませてくれないかね。」

といいました。すると、店員《てんいん》にばけた子《こ》ぎつねは、にっこりわらって、

「どうぞ、どうぞ。」

と、ぼくを案内《あんない》しました。

店《みせ》の中《なか》は、土間《どま》になっていて、しらかばでこしらえたいすが、五つもそろっているのです。りっぱなテーブルもあります。

「なかなかいい店《みせ》じゃないか。」

ぼくは、いすにこしかけて、ぼうしをぬぎました。

「はい、おかげさまで。」

きつねは、お茶《ちゃ》をうやうやしくはこんできました。

「そめもの屋《や》だなんて、いったい、なにをそめるんだい。」

ぼくは、半分《はんぶん》からかうようにききました。すると、きつねは、いきなりテーブルの上《うえ》の、ぼくのぼうしをとりあげて、

「はい、なんでもおそめいたします。こんなぼうしも、すてきな青《あお》にそまります。」

と、いうのです。

「とーんでもない。」

ぼくは、あわててぼうしをとりかえしました。

「ぼくは、青《あお》いぼうしなんか、かぶる気《き》はないんだから。」

「そうですか、それでは。」

と、きつねは、ぼくの身《み》なりを、しげしげと見《み》つめて、こういいました。

「そのマフラーは、いかがでしょう。それとも、くつしたはどうでしょう。ズボンでも、上着《うわぎ》でも、セーターでも、すてきな青《あお》にそまります。」

ぼくは、いやな顔《かお》をしました。こいつ、なんだって、やたらにひとのものをそめたがるんだろうと、はらがたちました。

けれど、それはたぶん、人間《にんげん》も、きつねもおなじことなのでしょう。きつねはきっ

と、お礼《れい》がほしいのでしょう。

ようするに、ぼくを、お客《きゃく》としてあつかいたいのでしょう。

ぼくは、ひとりで、うなずきました。それに、お茶《ちゃ》までいれてもらって、なにも注《ちゅう》文《もん》しないのも、わるいと思《おも》いました。

そこで、ハンカチでもそめさせようかと、ポケットに手《て》をつっこんだとき、きつねは、とっぴょうしもなくかん高《だか》い声《こえ》をあげました。

「そうそう、おゆびをおそめいたしましょう。」

「おゆび？」

ぼくは、むっとしました。

「ゆびなんか、そめられてたまるかい。」

ところが、きつねは、にっこりわらって、

「ねえ、お客《きゃく》さま、ゆびをそめるのは、とてもすてきなことなんですよ。」

というと、自分《じぶん》の両手《りょうて》を、ぼくの目《め》のまえにひろげました。

小《ちい》さい白《しろ》い両手《りょうて》の、親《おや》ゆびと、ひとさしゆびだけが、青《あお》くそまっています。きつねは、その両手《りょうて》をよせると、青《あお》くそめられた四本《ほん》のゆびで、ひしがたの窓《まど》をつくって見《み》

せました。それから、窓《まど》を、ぼくの目《め》の上《うえ》にかざして、

「ねえ、ちょっと、のぞいてごらんなさい。」

と、たのしそうにいうのです。

「うう？」

ぼくは、気《き》ののらない声《こえ》をだしました。

「まあ、ちょっとだけ、のぞいてごらんなさい。」

そこで、ぼくは、しぶしぶ、窓《まど》の中《なか》をのぞきました。そして、ぎょうてんしました。

ゆびでこしらえた、小《ちい》さな窓《まど》の中《なか》には、白《しろ》いきつねのすがたが見《み》えるのでした。それは、みごとな、母《はは》ぎつねでした。しっぽを、ゆらりと立《た》てて、じっとすわっています。それはちょうど窓《まど》の中《なか》に、一枚《まい》のきつねの絵《え》が、ぴたりとはめこまれたような感《かん》じなのです。

「こ、こりゃいったい……。」

ぼくはあんまりびっくりして、もう声《こえ》もでませんでした。きつねは、ぽつりといいました。

「これ、ぼくのかあさんです。」

「……。」

「ずうっとまえに、だーんとやられたんです。」

「だーんと？　鉄砲《てっぽう》で？」

「そう。鉄砲《てっぽう》で。」

きつねは、ぱらりと両手《りょうて》をおろして、うつむきました。これで、自分《じぶん》の正体《しょうたい》がばれてしまったことも気《き》づかずに、話《はな》しつづけました。

「それでもぼく、もう一度《いちど》かあさんにあいたいと思《おも》ったんです。死《し》んだかあさんのすがたを、一回《かい》でも見《み》たいと思《おも》ったんです。これ、人情《にんじょう》っていうものでしょ。」

なんだか悲《かな》しい話《はなし》になってきたと思《おも》いながら、ぼくは、うんうんと、うなずきまし

た。

「そしたらね、やっぱりこんな秋《あき》の日《ひ》に、風《かぜ》が、ザザーッてふいて、ききょうの花《はな》が声《こえ》をそろえていったんです。あなたのゆびをおそめなさい。それで窓《まど》をつくりなさいって。ぼくは、ききょうの花《はな》をどっさりつんで、その花《はな》のしるで、ぼくのゆびをそめたんです。そうしたら、ほーら、ねっ。」

きつねは、両手《りょうて》をのばして、また、窓《まど》をつくってみせました。

「ぼくはもう、さびしくなくなりました。この窓《まど》から、いつでも、かあさんのすがたを見《み》ることができるんだから。」

ぼくは、すっかり感激《かんげき》して、なん度《ど》も、うなずきました。じつは、ぼくも、ひとりぽっちだったのです。

「ぼくも、そんな窓《まど》がほしいなあ。」

ぼくは、子《こ》どものような声《こえ》をあげました。すると、きつねは、もううれしくてたまらないという顔《かお》をしました。

「そんなら、すぐにおそめいたします。そこに、手《て》をひろげてください。」

テーブルの上《うえ》に、ぼくは、両手《りょうて》をおきました。きつねは、花《はな》のしるのはいったお皿《さら》とふでを持《も》ってきました。そして、ふでにたっぷりと青《あお》い水《みず》をふくませると、ゆっくり、ていねいに、ぼくの指《ゆび》をそめはじめました。やがて、ぼくの親《おや》ゆびと人《ひと》さしゆびは、ききょう色《いろ》になりました。

「さあできあがり。さっそく、窓《まど》をつくってごらんなさい。」

ぼくは、胸《むね》をときめかせて、ひしがたの窓《まど》をつくりました。そして、それを、おそるおそる、目《め》の上《うえ》にかざしました。

すると、ぼくの小《ちい》さな窓《まど》の中《なか》には、ひとりの少女《しょうじょ》のすがたがうつりました。花《はな》がらのワンピースを着《き》て、リボンのついたぼうしをかぶって。それは、見《み》おぼえのある顔《かお》でした。

目《め》の下《した》に、ほくろがあります。

「やあ、あの子《こ》じゃないか！」

ぼくは、おどりあがりました。むかし、大《だい》すきだった、そして、今《いま》はもう、けっしてあうことのできない少女《しょうじょ》なのでした。

「ね、ゆびをそめるって、いいことでしょ。」

きつねはとても、むじゃきにわらいました。

「ああ、すてきなことだね。」

ぼくは、お礼《れい》をはらおうと思《おも》って、ポケットをまさぐりました。が、お金《かね》は一銭《せん》もありません。ぼくは、きつねに、こういいました。

「あいにく、お金《かね》が、ぜんぜんないんだ。だけど、しなものなら、なんでもやるよ。ぼうしでも、上着《うわぎ》でも、セーターでも、マフラーでも。」

するとき、きつねは、こういいました。

「そんなら、鉄砲《てっぽう》をください。」

「鉄砲《てっぽう》？　そりゃちょっと……。」

こまるなと、ぼくは思《おも》いました。が、たった今手《いまて》にいれた、すてきな窓《まど》のことを思《おも》ったとき、鉄砲《てっぽう》は、すこしもおしくなくなりました。

「ようし、やろう。」

ぼくは、気《き》まえよく、鉄砲《てっぽう》を、きつねにやりました。

「まいど、ありがとうございます。」

きつねは、ぺこっとおじぎをして、鉄砲《てっぽう》をうけとると、おみやげに、なめこなんかくれました。

「今夜《こんや》のおつゆにしてください。」

なめこは、ちゃんと、ポリぶくろにいれてありました。

ぼくは、きつねに、帰《かえ》りの道《みち》をききました。すると、なんのことはない、この店《みせ》のうらがわが、杉林《すぎばやし》だというのです。林《はやし》の中《なか》を二百メートルほど歩《ある》いたら、ぼくの小屋《こや》にでるのだと、きつねはいいました。ぼくは、彼《かれ》にお礼《れい》をいうと、いわれたとおり、店《みせ》のうら手《て》へまわりました。すると、そこには、見《み》なれた杉林《すぎばやし》がありました。秋《あき》の陽《ひ》が、キラキラとこぼれて、林《はやし》の中《なか》は、あたたかく静《しず》かでした。

「ふうん。」

ぼくは、とても感心《かんしん》しました。すっかり知《し》りつくしているつもりだったこの山《やま》にも、こんなひみつの道《みち》があったのでした。そして、あんなすばらしい花畑《はなばたけ》と、しんせつなきつねの店《みせ》と……すっかりいい気分《きぶん》になって、ぼくは、ふんふんと鼻歌《はなうた》をうたいました。そして、歩《ある》きながら、また両手《りょうて》で窓《まど》をつくりました。

すると、こんどは、窓《まど》の中《なか》に、雨《あめ》がふっています。こまかい、霧雨《きりさめ》が音《おと》もなく。

そして、そのおくに、ぼんやりと、なつかしい庭《にわ》が見《み》えてきました。庭《にわ》に面《めん》して、古《ふる》いえんがわがあります。その下《した》に、子《こ》どもの長《なが》ぐつが、ほうりだされて、雨《あめ》にぬれています。

〈あれは、ぼくのだ。〉

ぼくは、とっさにそう思《おも》いました。すると、胸《むね》がドキドキしてきました。ぼくの母《はは》が、いまにも、長《なが》ぐつを片《かた》づけにでてくるのじゃないかと思《おも》ったからです。かっぽう着《ぎ》をきて、白《しろ》いてぬぐいをかぶって。

「まあ、だめじゃないの、だしっぱなしで。」

そんな声《こえ》までできこえてきそうです。庭《にわ》には、母《はは》のつくっている小《ちい》さい菜園《さいえん》があって、青《あお》じそがひとかたまり、やっぱり雨《あめ》にぬれています。ああ、あの葉《は》をつみに、母《はは》は、庭《にわ》にでてこないのでしょうか……。

家《いえ》の中《なか》は、すこうし明《あか》るいのです。電気《でんき》がついているのです。ラジオの音楽《おんがく》にまじって、

ふたりの子《こ》どものわらい声《ごえ》が、とぎれとぎれにきこえます。あれは、ぼくの声《こえ》、もうひとつは、死《し》んだ妹《いもうと》の声《こえ》……。

ふーっと、大《おお》きなため息《いき》をついて、ぼくは両手《りょうて》をおろしました。なんだか、とてもせつなくなりました。子《こ》どものころの、ぼくの家《いえ》は焼《や》けたのです。あの庭《にわ》は、今《いま》はもう、ないのです。

それにしても、ぼくは、まったく、すてきなゆびをもちました。このゆびは、いつまでもたいせつにしたいと思《おも》いながら、ぼくは、林《はやし》の道《みち》を歩《ある》いていきました。

ところが、小屋《こや》に帰《かえ》って、ぼくがいちばん先《さき》にしたことは、なんだったでしょう。ああ、ぼくは、まったく無意識《むいしき》に、自分《じぶん》の手《て》をあらってしまったのです。それが、長《なが》いあいだの習慣《しゅうかん》だったものですから。

いけない、と、思《おも》ったときは、もうおそすぎました。青《あお》い色《いろ》は、たちまち、おちてしまったのです。あらいおとされたそのゆびで、いくらひしがたの窓《まど》をこしらえても、その中《なか》には小屋《こや》の天《てん》じょうが見《み》えるだけでした。

ぼくはその晩《ばん》、もらったなめこを食《た》べるのもわすれて、がっくりとうなだれていました。

つぎの日《ひ》、ぼくは、もう一度《いちど》きつねの家《いえ》にいって、ゆびをそめなおしてもらうことにしました。そこで、お礼《れい》にあげるサンドイッチをどっさりつくって、杉林《すぎばやし》の中《なか》へはいっていきました。

けれど、杉林《すぎばやし》は、いけどもいけども杉林《すぎばやし》。ききょうの花畑《はなばたけ》など、どこにもありはしないのでした。

それからというもの、ぼくは、いく日《にち》も山《やま》の中《なか》をさまよいました。きつねのなき声《ごえ》が、ちょっとでもきこえようものなら、そして林《はやし》の中《なか》を、カサリと動《うご》く白《しろ》いかげでもあろうものなら、ぼくは、耳《みみ》をそばだてて、じっとその方向《ほうこう》をさぐりました。が、あれっきり、一度《いちど》もぼくは、きつねにあうことはありませんでした。

それでも、ときどき、ぼくは、ゆびで窓《まど》をつくってみるのです。ひょっとして、なにか見《み》えやしないかと思《おも》って。きみはへんなくせがあるんだなと、よく人《ひと》にわらわれます。

海《うみ》のいのち

［作］立松和平《たてまつわへい》　［絵］伊勢英子《いせひでこ》

父《ちち》もその父《ちち》も、そのさきずっと顔《かお》も知《し》らない父親《ちちおや》たちがすんでいた海《うみ》に、太一《たいち》もまたすんでいた。季節《きせつ》や時間《じかん》の流《なが》れとともにかわる海《うみ》のどんな表情《ひょうじょう》でも、太一《たいち》は好《す》きだった。

「ぼくは漁師《りょうし》になる。お父《とう》といっしょに海《うみ》にでるんだ」

子《こ》どものころから、太一《たいち》はこういってはばからなかった。

父《ちち》はもぐり漁師《りょうし》だった。潮《しお》の流《なが》れがはやくて、だれにももぐれない瀬《せ》に、たったひとりでもぐっては、岩陰《いわかげ》にひそむクエをついてきた。二メートルもある大物《おおもの》をしとめても、父《ちち》は自慢《じまん》することもなくいうのだった。

「海《うみ》のめぐみだからなあ」

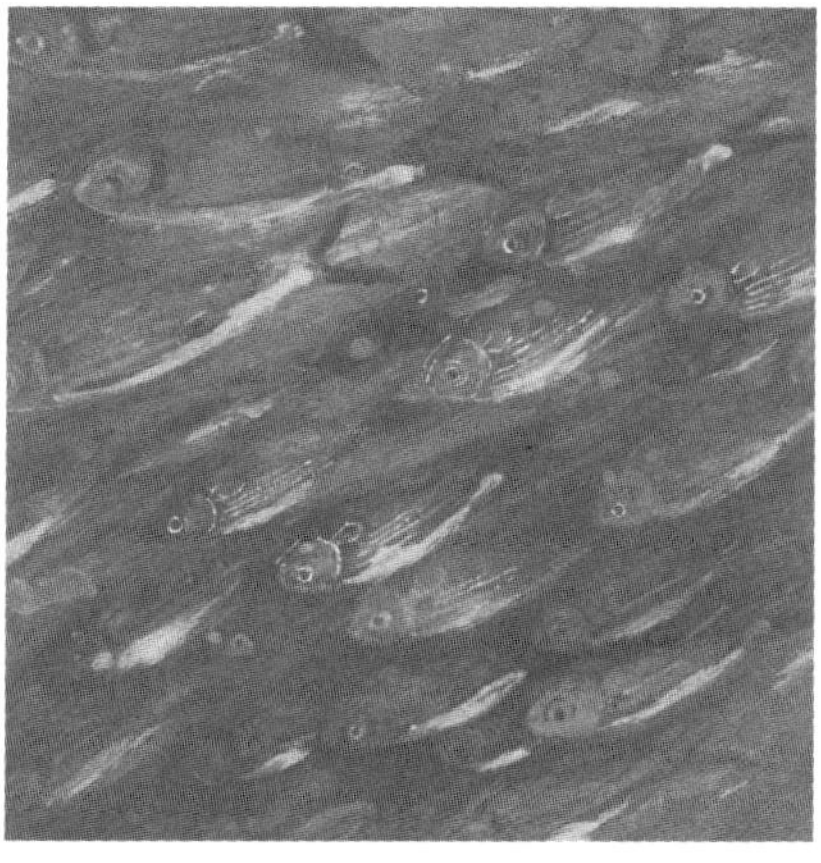

不漁《ふりょう》の日《ひ》が十日間《とおかかん》つづいても、父《ちち》はなにもかわらなかった。

ある日父《ひちち》は、夕方《ゆうがた》になっても帰《かえ》らなかった。からっぽの父《ちち》の船《ふね》が瀬《せ》で見《み》つかり、なかまの漁師《りょうし》が引《ひ》き潮《しお》をまってもぐってみると、父《ちち》はロープを身体《からだ》にまいたまま、水中《すいちゅう》でこときれていた。ロープのもう一方《いっぽう》のさきには、光《ひか》る緑色《みどりいろ》の目《め》をしたクエがいたという。

父《ちち》の銛《もり》を身体《からだ》につきさした瀬《せ》の主《ぬし》は、何人《なんにん》がかりでひこうとまったくうごかない。まるで岩《いわ》のような魚《さかな》だ。結局《けっきょく》ロープをきるしか方法《ほうほう》はなかったのだった。

中学校《ちゅうがっこう》を卒業《そつぎょう》する年《とし》の夏《なつ》、太一《たいち》は与吉爺《よきちじい》さに弟子《でし》にしてくれるようたのみにいった。与吉爺《よきちじい》さは太一《たいち》の父《ちち》が死《し》んだ瀬《せ》に、毎日一本釣《まいにちいっぽんづ》りにいっている漁師《りょうし》だった。

「わしはもう年《とし》じゃ。ずいぶん魚《さかな》をとってきたが、これ以上《いじょう》とるのも罪深《つみぶか》いものだからなあ。魚《さかな》を海《うみ》に自然《しぜん》に遊《あそ》ばせてやりたくなっとる」

「年《とし》をとったのなら、ぼくを杖《つえ》のかわりにつかってくれ」

こうして太一《たいち》は、むりやり与吉爺《よきちじい》さの弟子《でし》になったのだ。

与吉爺《よきちじい》さは瀬《せ》につくや、小《こ》イワシを釣《つ》り針《ばり》にかけて水《みず》になげる。それからゆっくりと糸《いと》をたぐっていくと、ぬれた金色《きんいろ》の光《ひかり》をはねかえして、五十センチもあるタイがあがってきた。ばたばた、ばたばたと、タイがあばれて尾《お》で甲板《かんぱん》をうつ音《おと》が、船全《ふねぜん》体《たい》を共鳴《きょうめい》させている。

太一《たいち》はなかなか釣《つ》り糸《いと》をにぎらせてもらえなかった。釣《つ》り針《ばり》に餌《えさ》をつけ、あがってきた魚《さかな》から釣《つ》り針《ばり》をはずす仕事《しごと》ばかりだ。釣《つ》りをしながら、与吉爺《よきちじい》さはひとり言《ごと》のようにかたってくれた。

「千匹《びき》に一匹《ぴき》でいいんだ。千匹《びき》いるうち一匹《ぴき》を釣《つ》れば、ずっとこの海《うみ》で生《い》きていけるよ」

与吉爺《よきちじい》さは毎日《まいにち》タイを二十匹《ぴき》とると、もう道具《どうぐ》をかたづけた。

季節《きせつ》によって、タイがイサキになったりブリになったりした。

弟子《でし》になって何年《なんねん》もたったある朝《あさ》、いつものように同《おな》じ瀬《せ》に漁《りょう》にでた太一《たいち》にむかって、与吉爺《よきちじい》さはふっと声《こえ》をもらした。そのころには与吉爺《よきちじい》さは船《ふね》にのってこそきたが、作業《さぎょう》はほとんど太一《たいち》がやるようになっていた。

「自分《じぶん》では気《き》づかないだろうが、おまえは村一番《むらいちばん》の漁師《りょうし》だよ。太一《たいち》、ここはおまえの海《うみ》だ」

船《ふね》にのらなくなった与吉爺《よきちじい》さの家《いえ》に、太一《たいち》は漁《りょう》から帰《かえ》ると毎日魚《まいにちさかな》をとどけにいった。真夏《まなつ》のある日《ひ》、与吉爺《よきちじい》さは暑《あつ》いのに毛布《もうふ》を喉《のど》までかけてねむっていた。太一《たいち》はすべてをさとった。

「海《うみ》に帰《かえ》りましたか。与吉爺《よきちじい》さ、心《こころ》から感謝《かんしゃ》しております。おかげさまでぼくも海《うみ》で生《い》きられます」

悲《かな》しみがふきあがってきたが、今《いま》の太一《たいち》は自然《しぜん》な気持《きも》ちで顔《かお》の前《まえ》に両手《りょうて》をあわせることができた。父《ちち》がそうであったように、与吉爺《よきちじい》さも海《うみ》に帰《かえ》っていったのだ。

ある日《ひ》、母《はは》はこんなふうにいうのだった。

「おまえがお父《とう》の死《し》んだ瀬《せ》にもぐると、いついいだすかと思《おも》うと、わたしはおそろしくて夜《よる》もねむれないよ。おまえの心《こころ》の中《なか》が見《み》えるようで」

太一《たいち》は嵐《あらし》さえもはねかえす屈強《くっきょう》な若者《わかもの》になっていたのだ。太一《たいち》はそのたくましい背《せ》中《なか》に、母《はは》の悲《かな》しみさえも、せおうとしていたのである。

いつもの一本釣《いっぽんづ》りで二十匹《ぴき》のイサキをはやばやととった太一《たいち》は、父《ちち》が死《し》んだあたりの瀬《せ》に船《ふね》をすすめた。

錨《いかり》をおろし、海《うみ》にとびこんだ。肌《はだ》に水《みず》の感触《かんしょく》が心地《ここち》よい。海中《かいちゅう》に棒《ぼう》になってさしこんだ光《ひかり》が、波《なみ》の動《うご》きにつれ、かがやきながら交差《こうさ》する。耳《みみ》にはなにもきこえなかったが、太一《たいち》は壮大《そうだい》な音楽《おんがく》をきいているような気分《きぶん》になった。とうとう父《ちち》の海《うみ》にやってきたのだ。

太一《たいち》が瀬《せ》にもぐりつづけて、ほぼ一年《ねん》がすぎた。父《ちち》を最後《さいご》にもぐり漁師《りょうし》がいなくなったので、アワビもサザエもウニもたくさんいた。はげしい潮《しお》の流《なが》れに守《まも》られるようにして生《い》きている二十キロぐらいのクエも見《み》かけた。だが太一《たいち》は興味《きょうみ》をもてなかった。

おいもとめているうちに、不意《ふい》に夢《ゆめ》は実現《じつげん》するものだ。

太一《たいち》は海草《かいそう》のゆれる穴《あな》の奥《おく》に、青《あお》い宝石《ほうせき》の目《め》を見《み》た。

海底《かいてい》の砂《すな》に銛《もり》をさして場所《ばしょ》を見《み》うしなわないようにしてから、太一《たいち》は銀色《ぎんいろ》にゆれる水面《すいめん》にうかんでいた。息《いき》をすってもどると、同《おな》じところに同《おな》じ青《あお》い目《め》がある。瞳《ひとみ》は黒《くろ》

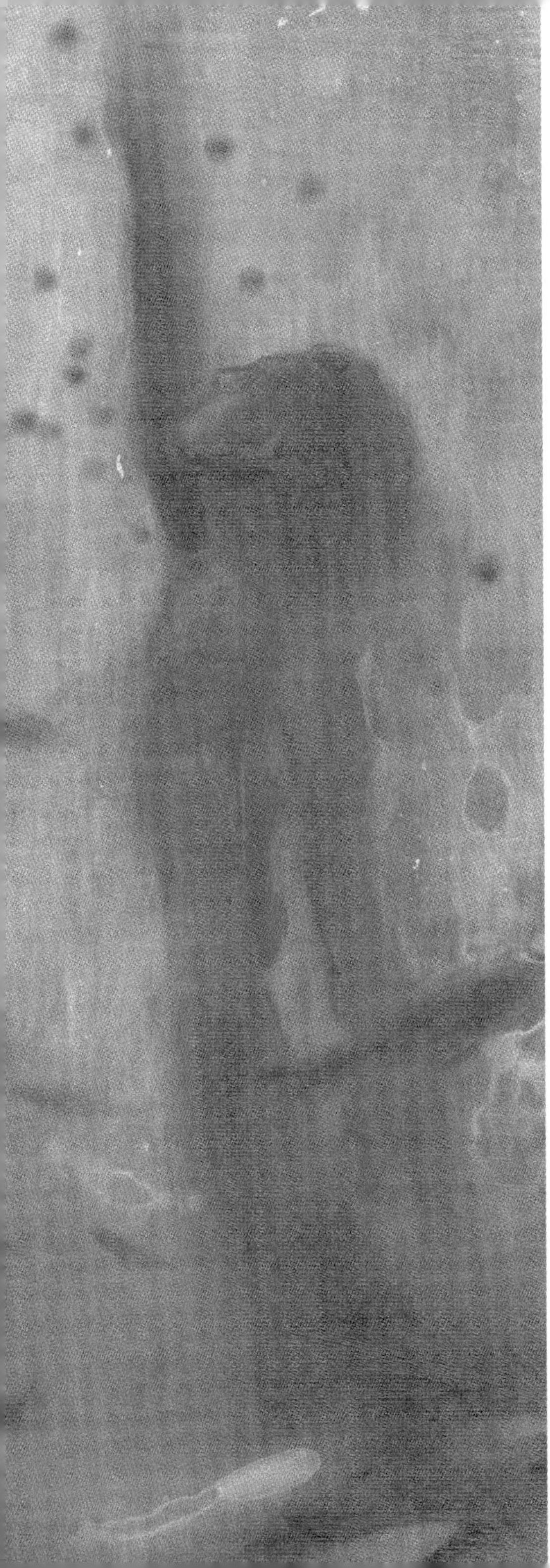

い真珠《しんじゅ》のようだった。刃物《はもの》のような歯《は》がならんだ灰色《はいいろ》の唇《くちびる》は、ふくらんでいて大《おお》きい。魚《さかな》がえらをうごかすたび、水《みず》がうごくのがわかった。岩《いわ》そのものが魚《さかな》のようだった。全体《ぜんたい》は見《み》えないのだが、百五十キロはとうにこえているだろう。

興奮《こうふん》していながら、太一《たいち》は冷静《れいせい》だった。これが自分《じぶん》のおいもとめてきた幻《まぼろし》の魚《さかな》、村《むら》一番《いちばん》のもぐり漁師《りょうし》だった父《ちち》をやぶった瀬《せ》の主《ぬし》なのかもしれない。太一《たいち》は鼻面《はなづら》にむかって銛《もり》をつきだすのだが、クエはうごこうとはしない。そうしたままで時間《じかん》がすぎた。

太一《たいち》は永遠《えいえん》にここにいられるような気《き》さえした。しかし、息《いき》がくるしくなって、またうかんでいく。

もう一度《いちど》もどってきても、瀬《せ》の主《ぬし》はまったくうごこうとはせずに太一《たいち》を見《み》ていた。おだやかな目《め》だった。この大魚《たいぎょ》は自分《じぶん》に殺《ころ》されたがっているのだと太一《たいち》は思《おも》ったほどだった。これまで数《かず》かぎりなく魚《さかな》を殺《ころ》してきたのだが、こんな感情《かんじょう》になったのははじめてだ。この魚《さかな》をとらなければ、ほんとうの一人前《いちにんまえ》の漁師《りょうし》にはなれないのだと、太一《たいち》はなきそうになりながら思《おも》う。

水《みず》の中《なか》で太一《たいち》はふっとほほえみ、口《くち》から銀《ぎん》のあぶくをだした。銛《もり》の刃《は》さきを足《あし》のほうにどけ、クエにむかってもう一度《いちど》笑顔《えがお》をつくった。

「お父《とう》、ここにおられたのですか。またあいにきますから」

こう思《おも》うことによって、太一《たいち》は瀬《せ》の主《ぬし》を殺《ころ》さないですんだのだ。大魚《たいぎょ》はこの海《うみ》のいのちだと思《おも》えた。

やがて太一《たいち》は村《むら》の娘《むすめ》と結婚《けっこん》し、子《こ》どもを四人《にん》そだてた。男《おとこ》と女《おんな》とふたりずつで、みんな元気《げんき》でやさしい子《こ》どもたちだった。母《はは》はおだやかでみちたりた、美《うつく》しいおばあさんになった。

太一《たいち》は村一番《むらいちばん》の漁師《りょうし》でありつづけた。千匹《びき》に一匹《ぴき》しかとらないのだから、海《うみ》のいのちはまったくかわらない。巨大《きょだい》なクエを岩《いわ》の穴《あな》で見《み》かけたのに銛《もり》をうたなかったことは、もちろん太一《たいち》は生涯《しょうがい》だれにもはなさなかった。

グスコーブドリの伝記《でんき》

［作］宮沢賢治《みやざわけんじ》　［絵］初見寧《はつみねい》

一、森《もり》

グスコーブドリは、イーハトーブの大《おお》きな森《もり》のなかに生《うま》れました。お父《とう》さんは、グスコーナドリという名高《なだか》いきこりで、どんな巨《おお》きな木《き》でも、まるで赤《あか》ん坊《ぼう》を寝《ね》かしつけるように訳《わけ》なくきってしまう人《ひと》でした。

ブドリにはネリという妹《いもうと》があって、二人《ふたり》は毎日《まいにち》森《もり》で遊《あそ》びました。ごしっごしっとお父《とう》さんの樹《き》をひく音《おと》が、やっと聴《きこ》えるくらいな遠《とお》くへも行《い》きました。二人《ふたり》はそこで木《き》いちごの実《み》をとってわき水《みず》につけたり、空《そら》を向《む》いてかわるがわる山鳩《やまばと》のなくまねをしたりしました。するとあちらでもこちらでも、ぽう、ぽう、と鳥《とり》がねむそうになきだすのでした。

お母《かあ》さんが、家《うち》の前《まえ》の小《ちい》さな畑《はたけ》に麦《むぎ》をまいているときは、二人《ふたり》はみちにむ*しろをし

*わらなどの植物《しょくぶつ》をあんでつくった敷物《しきもの》。

いて座《すわ》って、ブリキ缶《かん》で蘭《らん》の花《はな》を煮《に》たりしました。するとこんどは、もういろいろの鳥《とり》が、二人《ふたり》のぱさぱさした頭《あたま》の上《うえ》を、まるであいさつするようになきながらざあざあざあざあ通《とお》りすぎるのでした。

ブドリが学校《がっこう》へ行《い》くようになりますと、森《もり》はひるの間《あいだ》たいへんさびしくなりました。そのかわりひるすぎには、ブドリはネリといっしょに、森《もり》じゅうの樹《き》の幹《みき》に、赤《あか》い粘《ねん》土《ど》や消《け》し炭《ずみ》で、樹《き》の名《な》を書《か》いてあるいたり、高《たか》く歌《うた》ったりしました。

ホップのつるが、両方《りょうほう》からのびて、門《もん》のようになっている白樺《しらかば》の樹《き》には、「カッコウドリ、トオルベカラズ」と書《か》いたりもしました。

そして、ブドリは十になり、ネリは七つになりました。ところがどういうわけですか、その年《とし》は、お日《ひ》さまが春《はる》から変《へん》に白《しろ》くて、いつもなら雪《ゆき》がとけると間《ま》もなく、まっしろな花《はな》をつけるこぶしの樹《き》もまるで咲《さ》かず、五月《がつ》になってもたびたびみぞれがぐしゃぐしゃ降《ふ》り、七月《がつ》の末《すえ》になっても一向《いっこう》に暑《あつ》さが来《こ》ないために去年《きょねん》まいた麦《むぎ》も粒《つぶ》の入《はい》らない白《しろ》い穂《ほ》しかできず、大抵《たいてい》の果物《くだもの》も、花《はな》が咲《さ》いただけで落《お》ちてしまったのでした。

そしてとうとう秋《あき》になりましたが、やっぱり栗《くり》の木《き》は青《あお》いからのいがばかりでしたし、みんなでふだんたべるいちばん大切《たいせつ》な＊オリザという穀物《こくもつ》も、一つぶもできません

＊稲《いね》（米《こめ》）のこと。

でした。野原《のはら》ではもうひどいさわぎになってしまいました。

ブドリのお父《とう》さんもお母《かあ》さんも、たびたび薪《たきぎ》を野原《のはら》の方《ほう》へ持《も》って行《い》ったり、冬《ふゆ》になってからは何《なん》べんも巨《おお》きな樹《き》を町《まち》へそりで運《はこ》んだりしたのでしたが、いつもがっかりしたようにして、わずかの麦《むぎ》の粉《こ》などもって帰《かえ》ってくるのでした。それでもどうにかその冬《ふゆ》は過《す》ぎて次《つぎ》の春《はる》になり、畑《はたけ》には大切《たいせつ》にしまっておいた種子《たね》もまかれましたが、その年《とし》もまたすっかり前《まえ》の年《とし》の通《とお》りでした。そして秋《あき》になると、とうとうほんとうのききん[*1]になってしまいました。もうそのころは学校《がっこう》へ来《く》るこどももまるでありませんでした。ブドリのお父《とう》さんもお母《かあ》さんも、すっかり仕事《しごと》をやめていました。そしてたびたび心配《しんぱい》そうに相談《そうだん》しては、かわるがわる町《まち》へ出《で》て行《い》って、やっとすこしばかりのきびのつぶなど持《も》って帰《かえ》ることもあれば、なんにも持《も》たずに顔《かお》いろを悪《わる》くして帰《かえ》ってくることもありました。そしてみんなは、こならの実《み》や、くずやわらびの根《ね》や、木《き》の柔《やわ》らかな皮《かわ》やいろんなものをたべて、その冬《ふゆ》をすごしました。けれども春《はる》が来《き》たころは、お父《とう》さんもお母《かあ》さんも、何《なに》かひどい病気《びょうき》のようでした。

ある日《ひ》お父《とう》さんは、じっと頭《あたま》をかかえて、いつまでもいつまでも考《かんが》えていましたが、

にわかに起《お》きあがって、

「おれは森《もり》へ行《い》って遊《あそ》んでくるぞ」といいながら、よろよろ家《うち》を出《で》て行《い》きましたが、まっくらになっても帰《かえ》って来《き》ませんでした。二人《ふたり》がお母《かあ》さんにお父《とう》さんはどうしたろうときいても、お母《かあ》さんはだまって二人《ふたり》の顔《かお》を見《み》ているばかりでした。

次《つぎ》の日《ひ》の晩方《ばんがた》になって、森《もり》がもう黒《くろ》く見《み》えるころ、お母《かあ》さんはにわかに立《た》って、炉《ろ》にほだ*2をたくさんくべて家《いえ》じゅうすっかり明《あか》るくしました。それから、わたしはお父《とう》さんをさがしに行《い》くから、お前《まえ》たちはうちにいてあの戸棚《とだな》にある粉《こな》を二人《ふたり》ですこしずつたべなさいといって、やっぱりよろよろ家《いえ》を出《で》て行《い》きました。二人《ふたり》が泣《な》いてあとから追《お》って行《い》きますと、お母《かあ》さんはふり向《む》いて、

「何《なん》たらいうことをきかないこどもらだ。」としかるようにいいました。そしてまるで足早《あしばや》に、つまずきながら森《もり》へ入《はい》ってしまいました。二人《ふたり》は何《なん》べんも行《い》ったり来《き》たりして、そこらを泣《な》いてまわりました。とうとうこらえ切《き》れなくなって、まっくらな森《もり》の中《なか》へ入《はい》って、いつかのホップの門《もん》のあたりや、わき水《みず》のあるあたりをあちこちうろうろ歩《ある》きながら、お母《かあ》さんを一晩《ひとばん》呼《よ》びました。森《もり》の樹《き》の間《あいだ》からは、星《ほし》がちらちら何《なに》か

＊1　農作物《のうさくぶつ》が十分《じゅうぶん》にとれず、食料《しょくりょう》が不足《ふそく》すること。
＊2　小枝《こえだ》など、かまどでたく薪《たきぎ》。

いうようにひかり、鳥《とり》はたびたびおどろいたように暗《やみ》の中《なか》を飛《と》びましたけれども、どこからも人《ひと》の声《こえ》はしませんでした。とうとう二人《ふたり》はぼんやり家《いえ》へ帰《かえ》って中《なか》へはいりますと、まるで死《し》んだようにねむってしまいました。

ブドリが眼《め》をさましたのは、その日《ひ》のひるすぎでした。お母《かあ》さんのいった粉《こな》のことを思《おも》いだして戸棚《とだな》を開《あ》けて見《み》ますと、なかには、袋《ふくろ》に入《い》れたそば粉《こ》やこならの実《み》がまだたくさん入《はい》っていました。ブドリはネリをゆり起《おこ》して二人《ふたり》でその粉《こ》をなめ、お父《とう》さんたちがいたときのように炉《ろ》に火《ひ》をたきました。

それから、二十日《はつか》ばかりぼんやり過《す》ぎましたら、ある日《ひ》戸口《とぐち》で、

「こんにちは、誰《たれ》かいるかね。」というものがありました。お父《とう》さんが帰《かえ》って来《き》たのかと思《おも》ってブドリがはね出《だ》して見《み》ますと、それはかごをしょった目《め》のするどい男《おとこ》でした。その男《おとこ》はかごの中《なか》から円《まる》いもちをとり出《だ》してぽんと投《な》げながらいいました。

「私《わたし》はこの地方《ちほう》のききんをたすけに来《き》たものだ。さあ何《なん》でもたべなさい。」二人《ふたり》はしばらくあきれていましたら、「さあたべるんだ、たべるんだ。」とまたいいました。二人《ふたり》がこわごわたべはじめますと、男《おとこ》はじっと見《み》ていましたが、

「お前《まえ》たちはいい子供《こども》だ。けれどもいい子供《こども》だというだけでは何《なん》にもならん。わしと

一緒《いっしょ》についておいで。もっとも男《おとこ》の子《こ》は強《つよ》いし、わしも二人《ふたり》はつれて行《い》けない。おい女《おんな》の子《こ》、おまえはここにいても、もうたべるものがないんだ。おじさんと一緒《いっしょ》に町《まち》へ行《い》こう。毎日《まいにち》パンをたべさしてやるよ。」そしてぷいっとネリを抱《だ》きあげて、せなかのかごへ入《い》れて、そのまま「おおほいほい。おおほいほい。」とどなりながら、風《かぜ》のように家《うち》を出《で》て行《い》きました。ネリはおもてではじめてわっと泣《な》きだし、ブドリは、「どろぼう、どろぼう。」と泣《な》きながら叫《さけ》んで追《お》いかけましたが、男《おとこ》はもう森《もり》の横《よこ》を通《とお》ってずうっと向《むこ》うの草原《くさはら》を走《はし》っていて、そこからネリの泣《な》き声《ごえ》が、かすかにふるえて聞《き》こえるだけでした。

ブドリは、泣《な》いてどなって森《もり》のはずれまで追《お》いかけて行《い》きましたが、とうとう疲《つか》れてばったりたおれてしまいました。

二、てぐす*工場

ブドリがふっと眼《め》をひらいたとき、いきなり頭《あたま》の上《うえ》で、いやに平《ひら》べったい声《こえ》がしました。

「やっと眼《め》がさめたな。まだお前《まえ》はききんのつもりかい。起《お》きておれに手伝《てつだ》わないか。」

見《み》るとそれは茶《ちゃ》いろなきのこしゃっぽをかぶって外套《がいとう》にすぐシャツを着《き》た男《おとこ》で、何《なに》か針金《はりがね》でこさえたものをぶらぶら持《も》っているのでした。

「もうききんは過《す》ぎたの？　手伝《てつだ》いって何《なに》を手伝《てつだ》うの？」ブドリがききました。

「網掛《あみか》けさ。」

「ここへ網《あみ》を掛《か》けるの？」

「掛《か》けるのさ。」

「網《あみ》を掛《か》けて何《なに》にするの？」

「てぐすを飼《か》うのさ。」

見《み》るとすぐブドリの前《まえ》の栗《くり》の木《き》に、二人《ふたり》の男《おとこ》がはしごをかけてのぼっていて一生《いっしょう》けん命何《めいなに》か網《あみ》を投《な》げたり、それを繰《く》ったりしていたようでしたが、網《あみ》も糸《いと》もいっこう見《み》えませんでした。

「あれでてぐすが飼《か》えるの？」

「飼《か》えるのさ。うるさいこどもだな。おい。縁起《えんぎ》でもないぞ。てぐすも飼《か》えないところにどうして工場《こうば》なんか建《た》てるんだ。飼《か》えるともさ。現《げん》におれはじめたくさんのものが、それでくらしを立《た》てているんだ。」

ブドリはかすれた声《こえ》で、やっと、「そうですか。」といいました。

「それにこの森《もり》は、すっかりおれが買《か》ってあるんだから、ここで手伝《てつだ》うならいいが、そうでもなければどこかへ行《い》ってもらいたいな。もっともお前《まえ》はどこへ行《い》ったって食《く》うものもなかろうぜ。」

ブドリは泣《な》き出《だ》しそうになりましたが、やっとこらえていいました。

「そんなら手伝《てつだ》うよ。けれどもどうして網《あみ》をかけるの？」

「それはもちろん教《おし》えてやる。こいつをね。」男《おとこ》は手《て》にもった針金《はりがね》のかごのようなものを両手《りょうて》で引《ひ》き伸《の》ばしました。「いいか。こういうぐあいにやるとはしごになるんだ。」

男《おとこ》は大《おお》またに右手《みぎて》の栗《くり》の木《き》に歩《ある》いて行《い》って、下《した》の枝《えだ》に引《ひ》っ掛《か》けました。

＊釣《つ》り糸《いと》などに用《もち》いるテグス糸《いと》のとれる生《い》き物《もの》の総称《そうしょう》。カイコなどのこと。

「さあ、今度《こんど》はおまえが、この網《あみ》をもって上《うえ》へのぼって行《い》くんだ。さあ、のぼってごらん。」

男《おとこ》は変《へん》なまりのようなものをブドリに渡《わた》しました。ブドリはしかたなくそれをもってはしごにとりついて登《のぼ》って行《い》きましたが、はしごの段々《だんだん》がまるで細《ほそ》くて手《て》や足《あし》にくいこんでちぎれてしまいそうでした。

「もっと登《のぼ》るんだ。もっと。もっとさ。そしたらさっきのまりを投《な》げてごらん。栗《くり》の木《き》を越《こ》すようにさ。そいつを空《そら》へ投《な》げるんだよ。なんだい。ふるえてるのかい。いくじなしだなあ。投《な》げるんだよ。投《な》げるんだよ。そら、投《な》げるんだよ。」

ブドリはしかたなく力《ちから》いっぱいにそれを青空《あおぞら》に投《な》げたと思《おも》いましたらにわかにお日《ひ》さまがまっ黒《くろ》に見《み》えて逆《さか》さまに下《した》へ落《お》ちました。そしていつか、その男《おとこ》に受《う》けとめられていたのでした。男《おとこ》はブドリを地面《じめん》におろしながらぶりぶりおこり出《だ》しました。

「お前《まえ》もいくじのないやつだ。なんというふにゃふにゃだ。おれが受《う》け止《と》めてやらなかったらお前《まえ》は今《いま》ごろは頭《あたま》がはじけていたろう。おれはお前《まえ》の命《いのち》の恩人《おんじん》だぞ。これからは、失礼《しつれい》なことをいってはならん。ところで、さあ、こんどはあっちの木《き》へ登《のぼ》れ。もう少《すこ》したったらごはんもたべさせてやるよ。」男《おとこ》はまたブドリへ新《あたら》しいまりを渡《わた》しました。ブドリははしごをもって次《つぎ》の樹《き》へ行《い》ってまりを投《な》げました。

「よし、なかなか上手《じょうず》になった。さあまりはたくさんあるぞ。なまけるな。樹《き》も栗《くり》の木《き》ならどれでもいいんだ。」

男《おとこ》はポケットから、まりを十ばかり出《だ》してブドリに渡《わた》すと、すたすた向《む》こうへ行《い》ってしまいました。ブドリはまた三つばかりそれを投《な》げましたが、どうしても息《いき》がはあはあしてからだがだるくてたまらなくなりました。もう家《うち》へ帰《かえ》ろうと思《おも》って、そっちへ行《い》って見《み》ますとおどろいたことには、家《うち》にはいつか赤《あか》い土管《どかん》の煙突《えんとつ》がついて、戸口《とぐち》には「イーハトーブてぐす工場《こうじょう》」という看板《かんばん》がかかっているのでした。そして中《なか》からたばこをふかしながら、さっきの男《おとこ》が出《で》て来《き》ました。

「さあこども、たべものをもってきてやったぞ。これをたべて暗《くら》くならないうちにもう少《すこ》しかせぐんだ。」

「ぼくはもういやだよ。うちへ帰《かえ》るよ。」

「うちっていうのはあすこか。あすこはおまえのうちじゃない。おれのてぐす工場《こうば》だよ。あの家《いえ》もこの辺《へん》の森《もり》もみんなおれが買《か》ってあるんだからな。」

ブドリはもうやけになって、だまってその男《おとこ》のよこした蒸《む》しパンをむしゃむしゃたべて、またまりを十ばかり投《な》げました。

その晩《ばん》ブドリは、昔《むかし》のじぶんのうち、いまはてぐす工場になっている建物《たてもの》のすみに、小《ちい》さくなってねむりました。さっきの男《おとこ》は、三四人《さんよにん》の知《し》らない人《ひと》たちと遅《おそ》くまで炉《ろ》ばたで火《ひ》をたいて、何《なに》かのんだりしゃべったりしていました。次《つぎ》の朝早《あさはや》くから、ブドリは森《もり》に出《で》て、昨日《きのう》のようにはたらきました。

それから一月《ひとつき》ばかりたって、森《もり》じゅうの栗《くり》の木《き》に網《あみ》がかかってしまいますと、てぐす飼《か》いの男《おとこ》は、こんどは粟《あわ》のようなものがいっぱいついた板《いた》きれを、どの木《き》にも五六《ごろく》枚《まい》ずつつるさせました。そのうちに木《き》は芽《め》を出《だ》して森《もり》はまっ青《さお》になりました。すると、樹《き》につるした板《いた》きれから、たくさんの小《ちい》さな青《あお》じろい虫《むし》が、糸《いと》をつたわって列《れつ》になって枝《えだ》へはいあがって行《い》きました。ブドリたちはこんどは毎日薪《まいにちたきぎ》とりをさせられました。その薪《たきぎ》が、家《うち》のまわりに小山《こやま》のように積《つ》み重《かさ》なり、栗《くり》の木《き》が青《あお》じろいひものかたちの花《はな》を枝《えだ》いちめんにつけるころになりますと、あの板《いた》からはいあがって行《い》った虫《むし》も、ちょうど栗《くり》の花《はな》のような色《いろ》とかたちになりました。そして森《もり》じゅうの栗《くり》の葉《は》は、まるで形《かたち》もなくその虫《むし》に食《く》い荒《あ》らされてしまいました。それからまもなく虫《むし》は、大《おお》きな黄《き》いろな繭《まゆ》を、網《あみ》の目《め》ごとにかけはじめました。

するとてぐす飼《か》いの男《おとこ》は、狂気《きょうき》のようになって、ブドリたちをしかりとばして、その繭《まゆ》をかごに集《あつ》めさせました。それをこんどは片《かた》っぱしから鍋《なべ》に入《い》れてぐらぐら煮《に》て、手《て》で車《くるま》をまわしながら糸《いと》をとりました。夜《よる》も昼《ひる》もがらがらがらがら三つの糸車《いとぐるま》をまわして糸《いと》をとりました。こうしてこしらえた黄《き》いろな糸《いと》が小屋《こや》に半分《はんぶん》ばかりたまったころ、外《そと》に置《お》いた繭《まゆ》からは、大《おお》きな白《しろ》い蛾《が》がぽろぽろぽろぽろ飛《と》びだしはじめました。てぐす飼《か》いの男《おとこ》は、まるで鬼《おに》みたいな顔《かお》つきになって、じぶんも一生《いっしょう》けん命《めい》糸《いと》をとりましたし、野原《のはら》の方《ほう》からも四人《にん》人《ひと》を連《つ》れてきて働《はたら》かせました。けれども蛾《が》の方《ほう》は日《ひ》ましに多《おお》く出《で》るようになって、しまいには森《もり》じゅうまるで雪《ゆき》でも飛《と》んでいるようになりました。するとある日《ひ》、六七台《ろくしちだい》の荷馬車《にばしゃ》が来《き》て、いままでにできた糸《いと》をみんなつけて、町《まち》の方《ほう》へ帰《かえ》りはじめました。みんなも一人《ひとり》ずつ荷馬車《にばしゃ》について行《い》きました。いちばんしまいの荷馬車《にばしゃ》がたつとき、てぐす飼《か》いの男《おとこ》が、ブドリに、

「おい、お前《まえ》の来春《らいはる》まで食《く》うくらいのものは家《いえ》の中《なか》に置《お》いてやるからな、それまでここで森《もり》と工場《こうば》の番《ばん》をしているんだぞ。」

といって変《へん》ににやにやしながら、荷馬車《にばしゃ》についてさっさと行《い》ってしまいました。

ブドリはぼんやりあとへ残《のこ》りました。うちの中《なか》はまるで汚《きたな》くて、嵐《あらし》のあとのようで

したし森《もり》は荒《あ》れはてて山火事《やまかじ》にでもあったようでした。ブドリが次《つぎ》の日《ひ》、家《いえ》のなかやまわりを片《かた》づけはじめましたらてぐす飼《か》いの男《おとこ》がいつも座《すわ》っていた所《ところ》から古《ふる》いボール紙《がみ》のはこを見《み》つけました。中《なか》には十冊《さつ》ばかりの本《ほん》がぎっしり入《はい》っておりました。開《ひら》いて見《み》ると、てぐすの絵《え》や機械《きかい》の図《ず》がたくさんある、まるで読《よ》めない本《ほん》もありましたし、いろいろな樹《き》や草《くさ》の図《ず》と名前《なまえ》の書《か》いてあるものもありました。

ブドリは一生《いっしょう》けん命《めい》その本《ほん》のまねをして字《じ》を書《か》いたり図《ず》をうつしたりしてその冬《ふゆ》を暮《くら》しました。

春《はる》になりますとまたあの男《おとこ》が六七人《ろくしちにん》のあたらしい手下《てした》を連《つ》れて、大《たい》へん立派《りっぱ》ななりをしてやって来《き》ました。そして次《つぎ》の日《ひ》からすっかり去年《きょねん》のような仕事《しごと》がはじまりました。

そして網《あみ》はみんなかかり、黄《き》いろな板《いた》もつるされ、虫《むし》は枝《えだ》にはい上《のぼ》り、ブドリたちはまた、薪作《たきぎづく》りにかかるころになりました。ある朝《あさ》、ブドリたちが薪《たきぎ》をつくっていましたらにわかにぐらぐらっと地震《じしん》がはじまりました。それからずうっと遠《とお》くでどーんという音《おと》がしました。

しばらくたつと日《ひ》が変《へん》にくらくなり、こまかな灰《はい》がばさばさばさばさ降《ふ》って来《き》て、森《もり》はいちめんにまっ白《しろ》になりました。ブドリたちがあきれて樹《き》の下《した》にしゃがんでいましたら、てぐす飼《か》いの男《おとこ》がたいへんあわててやってきました。

「おい、みんな、もうだめだぞ。噴火《ふんか》だ。噴火《ふんか》がはじまったんだ。てぐすはみんな灰《はい》をかぶって死《し》んでしまった。みんな早《はや》く引《ひ》きあげてくれ。おい、ブドリ。お前《まえ》ここにいたかったらいてもいいが、こんどはたべ物《もの》は置《お》いてやらないぞ。それにここにいても危《あぶな》いからなお前《まえ》も野原《のはら》へ出《で》て何《なに》かかせぐほうがいいぜ。」そういったかと思《おも》うと、もうどんどん走《はし》って行《い》ってしまいました。ブドリが工場へ行《い》って見《み》たときはもう誰《だれ》もおりませんでした。そこでブドリは、しょんぼりとみんなの足《あし》あとのついた白《しろ》い灰《はい》をふんで野原《のはら》の方《ほう》へ出《で》て行《い》きました。

三、沼《ぬま》ばたけ

ブドリは、いっぱいに灰《はい》をかぶった森《もり》の間《あいだ》を、町《まち》の方《ほう》へ半日《はんにち》歩《ある》きつづけました。灰《はい》は風《かぜ》の吹《ふ》くたびに樹《き》からばさばさ落《お》ちて、まるでけむりか吹雪《ふぶき》のようでした。けれどもそれは野原《のはら》へ近《ちか》づくほど、だんだん浅《あさ》く少《すく》なって、ついには樹《き》も緑《みどり》に見《み》え、みちの足《あし》あとも見《み》えないくらいになりました。

とうとう森《もり》を出切《でき》ったとき、ブドリは思《おも》わず眼《め》をみはりました。野原《のはら》の眼《め》の前《まえ》から、遠《とお》くのまっしろな雲《くも》まで、美《うつく》しい桃《もも》いろと緑《みどり》と灰《はい》いろのカードでできているようでした。そばへ寄《よ》って見《み》ると、その桃《もも》いろなのには、いちめんにせいの低《ひく》い花《はな》が咲《さ》いていてい

て、蜜蜂《みつばち》がいそがしく花《はな》から花《はな》をわたってあるいていましたし、緑《みどり》いろなのには小《ちい》さな穂《ほ》を出《だ》して草《くさ》がぎっしり生《は》え、灰《はい》いろなのは浅《あさ》い泥《どろ》の沼《ぬま》でした。そしてどれも、低《ひく》い幅《はば》のせまい土手《どて》でくぎられ、人《ひと》は馬《うま》を使《つか》ってそれを掘《ほ》り起《おこ》したりかきまわしたりしてはたらいていました。

ブドリがその間《あいだ》を、しばらく歩《ある》いて行《い》きますと、道《みち》のまん中《なか》に、二人《ふたり》の人《ひと》が、大声《おおごえ》で何《なに》か喧嘩《けんか》でもするようにいい合《あ》っていました。右側《みぎがわ》の方《ほう》のひげのあかい人《ひと》がいいました。

「何《なん》でもかんでも、おれは山師張《やましば》るときめた。」

するとも一人《ひとり》の白《しろ》い笠《かさ》をかぶったせいの高《たか》いおじいさんがいいました。

「やめろっていったらやめるもんだ。そんなに肥料《こやし》うんと入《い》れて、藁《わら》はとれるったって、実《み》は一つぶもとれるもんでない。」

「うんにゃ、おれの見込《みこ》みでは、今年《ことし》は今《いま》までの三年《ねん》分《ぶん》暑《あつ》いに相違《そうい》ない。一年《ねん》で三年《ねん》分《ぶん》とって見《み》せる。」

「やめろ。やめろ。やめろったら。」

「うんにゃ。やめない。花《はな》はみんな埋《うず》めてしまったから、こんどは豆玉《まめたま》*を六十枚《まい》入《い》れ

＊大豆《だいず》から油《あぶら》をしぼったかす。

てそれから鶏《とり》の糞《かえし》、百駄《だん》入《い》れるんだ。急《いそ》がしったら何《なん》のこう忙《いそが》しくなれば、ささげの蔓《つる》でもいいから手伝《てつだ》いに頼《たの》みたいもんだ。」

ブドリは思《おも》わず近寄《ちかよ》っておじぎをしました。

「そんならぼくを使《つか》ってくれませんか。」

すると二人《ふたり》は、ぎょっとしたように顔《かお》をあげて、あごに手《て》をあててしばらくブドリを見《み》ていましたが、赤《あか》ひげがにわかに笑《わら》い出《だ》しました。

「よしよし。お前《まえ》に馬《うま》の指竿《させ》とりを頼《たの》むからな。すぐおれについて行《い》くんだ。それではまず、のるかそるか、秋《あき》まで見《み》てくれ。さあ行《い》こう。ほんとに、ささげの蔓《つる》でもいいから頼《たの》みたい時《とき》でな。」赤《あか》ひげは、ブドリとおじいさんに交《かわ》る交《がわ》るいいながら、さっさと先《さき》に立《た》って歩《ある》きました。あとではおじいさんが、

「年寄《としよ》りのいうこと聞《き》かないで、いまに泣《な》くんだな。」とつぶやきながら、しばらくこっちを見送《みおく》っているようすでした。

それからブドリは、毎日毎日《まいにちまいにち》沼《ぬま》ばたけへ入《はい》って馬《うま》を使《つか》って泥《どろ》をかきまわしました。一日《にち》ごとに桃《もも》いろのカードも緑《みどり》のカードもだんだんつぶされて、泥沼《どろぬま》に変《かわ》るのでした。馬《うま》はたびたびぴしゃっと泥水《どろみず》をはねあげて、みんなの顔《かお》へ打《う》ちつけました。一つの沼《ぬま》

ばたけがすめばすぐ次《つぎ》の沼《ぬま》ばたけへ入《はい》るのでした。一日《にち》がとてもながくて、しまいには歩《ある》いているのかどうかわからなくなったり、泥《どろ》が飴《あめ》のような、水《みず》がスープのような気《き》がしたりするのでした。風《かぜ》が何《なん》べんも吹《ふ》いて来《き》て近《ちか》くの泥水《どろみず》に魚《さかな》の鱗《うろこ》のような波《なみ》をたて、遠《とお》くの水《みず》をブリキいろにして行《い》きました。そらでは、毎日甘《まいにちあま》くすっぱいような雲《くも》が、ゆっくりゆっくりながれていて、それがじつにうらやましそうに見《み》えました。

こうして二十日《はつか》ばかりたちますと、やっと沼《ぬま》ばたけはすっかりどろどろになりました。次《つぎ》の朝《あさ》から主人《しゅじん》はまるで気《き》が立《た》って、あちこちから集《あつ》まって来《き》た人《ひと》たちといっしょに、その沼《ぬま》ばたけに緑《みどり》いろの槍《やり》のようなオリザの苗《なえ》をいちめん植《う》えました。それが十日《とおか》ばかりですむと、今度《こんど》はブドリたちを連《つ》れて、今《いま》まで手伝《てつだ》ってもらった人《ひと》たちの家《うち》へ毎《まい》日働《にちはたら》きにでかけました。それもやっと一まわりすむと、こんどはまたじぶんの沼《ぬま》ばたけへ戻《もど》って来《き》て、毎日毎日草取《まいにちまいにちくさと》りをはじめました。ブドリの主人《しゅじん》の苗《なえ》は大《おお》きくなってまるで黒《くろ》いくらいなのに、となりの沼《ぬま》ばたけはぼんやりしたうすい緑《みどり》いろでしたから、遠《とお》くから見《み》ても、二人《ふたり》の沼《ぬま》ばたけははっきりさかいまで見《み》わかりました。七日《なのか》ばかりで草取《くさと》りがすむとまたほかへ手伝《てつだ》いに行《い》きました。ところがある朝《あさ》、主人《しゅじん》はブドリを連《つ》れて、じぶんの沼《ぬま》ばたけを通《とお》りながら、にわかに「あっ」と叫《さけ》んで棒立《ぼうだ》ちになって

*牛《うし》や馬《うま》の鼻《はな》につけて誘導《ゆうどう》するためのさお。

しまいました。見《み》ると唇《くちびる》のいろまで水《みず》いろになって、ぼんやりまっすぐを見《み》つめているのです。

「病気《びょうき》が出《で》たんだ。」主人《しゅじん》がやっといいました。

「頭《あたま》でも痛《いた》いんですか。」ブドリはききました。

「おれでないよ。オリザよ。それ。」主人《しゅじん》は前《まえ》のオリザの株《かぶ》を指《ゆび》さしました。ブドリはしゃがんでしらべて見《み》ますと、なるほどどの葉《は》にも、いままで見《み》たことのない赤《あか》い点々《てんてん》がついていました。主人《しゅじん》はだまってしおしおと沼《ぬま》ばたけを一まわりしましたが、家《うち》へ帰《かえ》りはじめました。ブドリも心配《しんぱい》してついて行《い》きますと、主人《しゅじん》はだまって巾《きれ》を水《みず》でしぼって、頭《あたま》にのせると、そのまま板《いた》の間《ま》に寝《ね》てしまいました。すると間《ま》もなく、主人《しゅじん》のおかみさんが表《おもて》からかけ込《こ》んで来《き》ました。

「オリザへ病気《びょうき》が出《で》たというのはほんとうかい。」

「ああ、もうだめだよ。」

「どうにかならないのかい。」

「だめだろう。すっかり五年前《ねんまえ》の通《とお》りだ。」

「だから、あたしはあんたに山師《やまし》をやめろといったんじゃないか。おじいさんもあんなにとめたんじゃないか。」おかみさんはおろおろ泣《な》きはじめました。すると主人《しゅじん》がにわかに元気《げんき》になってむっくり起《お》きあがりました。

「よし。よし。イーハトーブの野原《のはら》で、指折《ゆびお》り数《かぞ》えられる大百姓《おおびゃくしょう》のおれが、こんなことで参《まい》るか。よし。来年《らいねん》こそやるぞ。ブドリ。おまえおれのうちへ来《き》てから、まだ一晩《ひとばん》も寝《ね》たいくらい寝《ね》たことがないな。さあ、五日《いつか》でも十日《とおか》でもいいから、ぐうというくらい寝《ね》てしまえ。おれはそのあとで、あすこの沼《ぬま》ばたけでおもしろい手品《てづま》をやって見《み》せるからな。その代《かわ》り今年《ことし》の冬《ふゆ》は、家《いえ》じゅうそばばかり食《く》うんだぞ。おまえそばはすきだろうが。」それから主人《しゅじん》はさっさと帽子《ぼうし》をかぶって外《そと》へ出《で》て行《い》ってしまいました。ブドリは主人《しゅじん》にいわれた通《とお》り納屋《なや》へ入《はい》ってねむろうと思《おも》いましたが、何《なん》だかやっぱり沼《ぬま》ばたけが苦《く》になって仕方《しかた》ないので、またのろのろそっちへ行《い》って見《み》ました。するといつ来《き》ていたのか、主人《しゅじん》がたった一人腕組《ひとりうでぐ》みをして土手《どて》に立《た》っておりました。見《み》ると沼《ぬま》ばたけには水《みず》がいっぱいで、オリザの株《かぶ》は葉《は》をやっと出《だ》しているだけ、上《うえ》にはぎらぎら石油《せきゆ》が浮《うか》んでいるのでした。主人《しゅじん》がいいました。

「いまおれこの病気《びょうき》を蒸《む》し殺《ころ》してみるとこだ。」

「石油《せきゆ》で病気《びょうき》の種《たね》が死《し》ぬんですか。」とブドリがききますと、主人《しゅじん》は、

「頭《あたま》から石油《せきゆ》に漬《つ》けられたら人《ひと》だって死《し》ぬだ。」といいながら、ほうと息《いき》を吸《す》って首《くび》をちぢめました。その時《とき》、水下《みずしも》の沼《ぬま》ばたけの持主《もちぬし》が、肩《かた》をいからして息《いき》を切《き》ってかけて来《き》て、大《おお》きな声《こえ》でどなりました。

「何《なん》だって油《あぶら》など水《みず》へ入《い》れるんだ、みんな流《なが》れて来《き》て、おれの方《ほう》へはいってるぞ。」

主人《しゅじん》は、やけくそに落《お》ちついて答《こた》えました。

「何《なん》だって油《あぶら》など水《みず》へ入《い》れるったって、オリザへ病気《びょうき》ついたから、油《あぶら》など水《みず》へ入《い》れるのだ。」

「何《なん》だってそんならおれの方《ほう》へ流《なが》すんだ。」

「何《なん》だってそんならおまえの方《ほう》へ流《なが》すったって、水《みず》は流《なが》れるから油《あぶら》もついて流《なが》れるのだ。」

「そんなら何《なん》だっておれの方《ほう》へ水来《みずこ》ないように水口《みなくち》とめないんだ。」

「何《なに》だっておまえの方《ほう》へ水行《みずい》かないように水口《みなくち》とめないかったって、あすこはおれのみな口《くち》でないから水《みず》とめないのだ。」

となりの男《おとこ》は、かんかん怒《おこ》ってしまってもう物《もの》もいえず、いきなりがぶがぶ水《みず》へはいって、自分《じぶん》の水口《みなくち》に泥《どろ》を積《つ》みあげはじめました。主人《しゅじん》はにやりと笑《わら》いました。

「あの男《おとこ》むずかしい男《おとこ》でな。こっちで水《みず》をとめると、とめたといって怒《おこ》るからわざと向《む》うにとめさせたのだ。あすこさえとめれば、今夜中《こんやじゅう》に水《みず》はすっかり草《くさ》の頭《あたま》までかかるからな。さあ帰《かえ》ろう。」主人《しゅじん》はさきに立《た》ってすたすた家《うち》へあるきはじめました。

次《つぎ》の朝《あさ》ブドリはまた主人《しゅじん》と沼《ぬま》ばたけへ行《い》ってみました。主人《しゅじん》は水《みず》の中《なか》から葉《は》を一枚《まい》とってしきりにしらべていましたが、やっぱり浮《う》かない顔《かお》でした。その次《つぎ》の日《ひ》もそうでした。その次《つぎ》の日《ひ》もそうでした。その次《つぎ》の日《ひ》もそうでした。その次《つぎ》の朝《あさ》、とうとう主人《しゅじん》は決心《けっしん》したようにいいました。

「さあブドリ、いよいよここへ蕎麦《そば》まきだぞ。おまえあすこへ行《い》って、となりの水口《みなくち》こわして来《こ》い。」ブドリはいわれた通《とお》りこわして来《き》ました。石油《せきゆ》のはいった水《みず》は、恐《おそ》ろしい勢《いきおい》でとなりの田《た》へ流《なが》れて行《い》きます。きっとまた怒《おこ》ってくるなと思《おも》っていますと、ひるごろ例《れい》のとなりの持主《もちぬし》が、大《おお》きな鎌《かま》をもってやってきました。

「やあ、何《なん》だってひとの田《た》へ石油《せきゆ》ながすんだ。」

主人《しゅじん》がまた、腹《はら》の底《そこ》から声《こえ》を出《だ》して答《こた》えました。

「石油《せきゆ》ながれればなんだって悪《わる》いんだ。」

「オリザみんな死《し》ぬでないか。」

「オリザみんな死《し》ぬか、オリザみんな死《し》なないか、まずおれの沼《ぬま》ばたけのオリザ見《み》なよ。今日《きょう》で四日《よっか》頭《あたま》から石油《せきゆ》かぶせたんだ。それでもちゃんとこの通《とお》りでないか。赤《あか》くなったのは病気《びょうき》のためで、勢《いきお》いのいいのは石油《せきゆ》のためなんだ。おまえの所《ところ》など、石油《せきゆ》がただオリザの足《あし》を通《とお》るだけでないか。かえっていいかもしれないんだ。」

「石油《せきゆ》こやしになるのか。」向《むこ》うの男《おとこ》は少《すこ》し顔《かお》いろをやわらげました。

「石油《せきゆ》こやしになるか石油《せきゆ》こやしにならないか知《し》らないが、とにかく石油《せきゆ》は油《あぶら》でないか。」

「それは石油《せきゆ》は油《あぶら》だな。」男《おとこ》はすっかり機嫌《きげん》を直《なお》してわらいました。水《みず》はどんどん退《ひ》き、オリザの株《かぶ》は見《み》る見《み》る根《ね》もとまで出《で》て来《き》ました。すっかり赤《あか》い斑《まだら》ができて焼《や》けたようになっています。

「さあおれの所《ところ》ではもうオリザ刈《が》りをやるぞ。」

主人《しゅじん》は笑《わら》いながらいって、それからブドリといっしょに、片《かた》っぱしからオリザの株《かぶ》を刈《か》り、跡《あと》へすぐ蕎麦《そば》をまいて土《つち》をかけて歩《ある》きました。そしてその年《とし》はほんとうに主《しゅ》人《じん》のいったとおり、ブドリの家《うち》では蕎麦《そば》ばかりたべました。次《つぎ》の春《はる》になりますと主人《しゅじん》がいいました。

「ブドリ、今年《ことし》は沼《ぬま》ばたけは去年《きょねん》よりは三分《ぶん》の一減《へ》ったからな、仕事《しごと》はよほど楽《らく》だ。その代《かわ》りおまえは、おれの死《し》んだ息子《むすこ》の読《よ》んだ本《ほん》をこれから一生《いっしょう》けん命勉強《めいべんきょう》して、いままでおれを山師《やまし》だといってわらったやつらを、あっといわせるような立派《りっぱ》なオリザを作《つく》る工夫《くふう》をしてくれ。」そして、いろいろな本《ほん》を一山《ひとやま》ブドリに渡《わた》しました。ブドリは仕事《しごと》のひまに片《かた》っぱしからそれを読《よ》みました。ことにその中《なか》の、クーボーという人《ひと》の物《もの》の考《かんが》え方《かた》を教《おし》えた本《ほん》は面白《おもしろ》かったので何《なん》べんも読《よ》みました。またその人《ひと》が、イーハトーブの市《し》で一ケ月《げつ》の学校《がっこう》をやっているのを知《し》って、大《たい》へん行《い》って習《なら》いたいと思《おも》ったりしました。

そして早《はや》くもその夏《なつ》、ブドリは大《おお》きな手柄《てがら》をたてました。それは去年《きょねん》と同《おな》じころ、またオリザに病気《びょうき》ができかかったのを、ブドリが木《き》の灰《はい》と食塩《しお》を使《つか》って食《く》いとめたのでした。そして八月《がつ》のなかばになると、オリザの株《かぶ》はみんなそろって穂《ほ》を出《だ》し、その穂《ほ》の一枝《ひとえだ》ごとに小《ちい》さな白《しろ》い花《はな》が咲《さ》き、花《はな》はだんだん水《みず》いろの*籾《もみ》にかわって、風《かぜ》にゆらゆら波《なみ》をたてるようになりました。主人《しゅじん》はもう得意《とくい》の絶頂《ぜっちょう》でした。来《く》る人《ひと》ごとに、「何《なん》のおれも、オリザの山師《やまし》で四年《ねん》しくじったけれども、今年《ことし》は一度《いちど》に四年前《ねんまえ》とれる。これもまたなかなかいいもんだ。」などといって自慢《じまん》するのでした。

＊こくもつの実《み》の皮《かわ》。

ところがその次《つぎ》の年《とし》はそうは行《い》きませんでした。植《う》えつけのころからさっぱり雨《あめ》が降《ふ》らなかったために、水路《すいろ》は乾《かわ》いてしまい、沼《ぬま》にはひびが入《はい》って、秋《あき》のとりいれはやっと冬《ふゆ》じゅうたべるくらいでした。来年《らいねん》こそと思《おも》っていましたが次《つぎ》の年《とし》もまた同《おな》じようなひでりでした。それからも来年《らいねん》こそ来年《らいねん》こそと思《おも》いながら、ブドリの主人《しゅじん》は、だんだんこやしを入《い》れることができなくなり、馬《うま》も売《う》り、沼《ぬま》ばたけもだんだん売《う》ってしまったのでした。

ある秋《あき》の日《ひ》、主人《しゅじん》はブドリにつらそうにいいました。

「ブドリ、おれももとはイーハトーブの大百姓《おおびゃくしょう》だったし、ずいぶんかせいでも来《き》たのだが、たびたびの寒《さむ》さとかんばつ*のために、いまでは沼《ぬま》ばたけも昔《むかし》の三分《ぶん》の一になってしまったし、来年《らいねん》は、もう入《い》れるこやしもないのだ。おれだけでない、来年《らいねん》こやしを買《か》って入《い》れれる人《ひと》ったらもうイーハトーブにも何人《なんにん》もないだろう。こういうあんばいでは、いつになっておまえにはたらいてもらった礼《れい》をするというあてもない。おまえも若《わか》いはたらきざかりを、おれのとこで暮《くら》してしまってはあんまり気《き》の毒《どく》だから、すまないがどうかこれを持《も》って、どこへでも行《い》っていい運《うん》を見《み》つけてくれ。」そして主人《しゅじん》は一《ひと》ふくろのお金《かね》と新《あたら》しい紺《こん》で染《そ》めた麻《あさ》の服《ふく》と赤革《あかがわ》の靴《くつ》とをブドリにくれました。ブドリはいままでの仕事《しごと》のひどかったことも忘《わす》れてしまって、もう何《なん》にもいらないから、ここで働《はたら》いていたいとも思《おも》いましたが、考《かんが》えてみると、いてもやっぱり仕事《しごと》もそんなにないので、主人《しゅじん》に何《なん》べんも何《なん》べんも礼《れい》をいって、六年《ねん》の間《あいだ》はたらいた沼《ぬま》ばたけと主人《しゅじん》に別《わか》れて停車場《ていしゃば》をさして歩《ある》きだしました。

四、クーボー大博士《だいはかせ》

ブドリは二時間《じかん》ばかり歩《ある》いて、停車場《ていしゃば》へ来《き》ました。それから切符《きっぷ》を買《か》って、イーハトーブ行《い》きの汽車《きしゃ》に乗《の》りました。汽車《きしゃ》はいくつもの沼《ぬま》ばたけをどんどんどんどんうしろへ送《おく》りながら、もう一散《いっさん》に走《はし》りました。その向《む》うには、たくさんの黒《くろ》い森《もり》が、次《つぎ》から次《つぎ》と形《かたち》を変《か》えて、やっぱりうしろの方《ほう》へ残《のこ》されて行《い》くのでした。ブドリはいろいろな思《おも》いで胸《むね》がいっぱいでした。早《はや》くイーハトーブの市《し》に着《つ》いて、あの親切《しんせつ》な本《ほん》を書《か》いたクーボーという人《ひと》に会《あ》い、できるなら、働《はたら》きながら勉強《べんきょう》して、みんながあんなにつらい思《おも》いをしないで沼《ぬま》ばたけを作《つく》れるよう、また火山《かざん》の灰《はい》だのひでりだの寒《さむ》さだのを除《のぞ》く工夫《くふう》をしたいと思《おも》うと、汽車《きしゃ》さえまどろこくってたまらないくらいでした。汽車《きしゃ》

＊長《なが》い間《あいだ》、雨《あめ》が降《ふ》らず、田畑《たはた》がかわいてしまうこと。

はその日《ひ》のひるすぎ、イーハトーブの市《し》に着《つ》きました。停車場《ていしゃば》を一足《ひとあし》出《で》ますと、地面《じめん》の底《そこ》から何《なに》かのんのん湧《わ》くようなひびきやどんよりとしたくらい空気《くうき》、行《い》ったり来《き》たりするたくさんの自動車《じどうしゃ》のあいだに、ブドリはしばらくぼうとしてつっ立《た》ってしまいました。やっと気《き》をとりなおして、そこらの人《ひと》にクーボー博士《はかせ》の学校《がっこう》へ行《い》くみちをたずねました。すると誰《だれ》へきいても、みんなブドリのあまりまじめな顔《かお》を見《み》て、吹《ふ》き出《だ》しそうにしながら、「そんな学校《がっこう》は知《し》らんね。」とか、「もう五六丁《ごろくちょう》*行《い》ってきいてみな。」とかいうのでした。そしてブドリがやっと学校《がっこう》をさがしあてたのはもう夕方近《ゆうがたちか》くでした。その大《おお》きなこわれかかった白《しろ》い建物《たてもの》の二階《かい》で、誰《だれ》か大《おお》きな声《こえ》でしゃべっていました。

「こんにちは。」ブドリは高《たか》く叫《さけ》びました。誰《だれ》も出《で》てきませんでした。「こんにちはあ。」ブドリはあらん限《かぎ》り高《たか》く叫《さけ》びました。するとすぐ頭《あたま》の上《うえ》の二階《かい》の窓《まど》から、大《おお》きな灰《はい》いろの頭《あたま》が出《で》て、めがねが二つぎらりと光《ひか》りました。それから、

「今授業中《いまじゅぎょうちゅう》だよ。やかましいやつだ。用《よう》があるならはいって来《こ》い。」とどなりつけて、すぐ顔《かお》を引《ひ》っ込《こ》めますと、中《なか》では大勢《おおぜい》でどっと笑《わら》い、その人《ひと》はかまわずまた何《なに》か大声《おおごえ》でしゃべっています。ブドリはそこで思《おも》い切《き》って、なるべく足音《あしおと》をたてないように二

＊一丁《ちょう》は約百《やく》メートル。

階《かい》にあがって行《い》きますと、階段《かいだん》のつき当《あた》りの扉《と》があいていて、じつに大《おお》きな教室《きょうしつ》が、ブドリのまっ正面《しょうめん》にあらわれました。中《なか》にはさまざまの服装《ふくそう》をした学生《がくせい》がぎっしりです。向《むこ》うは大《おお》き黒《くろ》い壁《かべ》になっていて、そこにたくさんの白《しろ》い線《せん》が引《ひ》いてあり、さっきのせいの高《たか》いめがねをかけた人《ひと》が、大《おお》きな櫓《やぐら》の形《かたち》の模型《もけい》を、あちこち指《ゆび》しながら、さっきのままの高《たか》い声《こえ》で、みんなに説明《せつめい》しておりました。

ブドリはそれを一目見《ひとめみ》ると、ああこれは先生《せんせい》の本《ほん》に書《か》いてあった歴史《れきし》の歴史《れきし》ということの模型《もけい》だなと思《おも》いました。先生《せんせい》は笑《わら》いながら、一つのとってをまわしました。模《も》型《けい》はがちっと鳴《な》って奇体《きたい》な船《ふね》のような形《かたち》になりました。またがちっととってをまわすと、模型《もけい》はこんどは大《おお》きなむかでのような形《かたち》に変《かわ》りました。

いまのみんなはしきりに首《くび》をかたむけて、どうもわからんという風《ふう》にしていましたが、ブドリにはただ面白《おもしろ》かったのです。

「そこでこういう図《ず》ができる。」先生《せんせい》は黒《くろ》い壁《かべ》へ別《べつ》の込《こ》み入《い》った図《ず》をどんどん書《か》きました。左手《ひだりて》にもチョークをもって、さっさっと書《か》きました。学生《がくせい》たちもみんな一生《いっしょう》けん命《めい》そのまねをしました。ブドリもふところから、いままで沼《ぬま》ばたけで持《も》っていた汚《きた》ない手帳《てちょう》を出《だ》して図《ず》を書《か》きとりました。先生《せんせい》はもう書《か》いてしまって、壇《だん》の上《うえ》にまっすぐに立《た》って、じろじろ学生《がくせい》たちの席《せき》を見《み》まわしています。ブドリも書《か》いてしまって、その図《ず》を縦横《たてよこ》から見《み》ていますと、ブドリのとなりで一人《ひとり》の学生《がくせい》が、

「ああ。」とあくびをしました。ブドリはそっとききました。

「ね、この先生《せんせい》は何《なん》ていうんですか。」

すると学生《がくせい》はばかにしたように鼻《はな》でわらいながら答《こた》えました。

「クーボー大博士《だいはかせ》さお前《まえ》知《し》らなかったのかい。」それからじろじろブドリのようすを見《み》ながら、

「はじめから、この図《ず》なんか書《か》けるもんか。ぼくでさえ同《おな》じ講義《こうぎ》をもう六年《ねん》もきいているんだ。」といって、じぶんのノートをふところへしまってしまいました。その時《とき》教室《きょうしつ》に、ぱっと電燈《でんとう》がつきました。もう夕方《ゆうがた》だったのです。大博士《だいはかせ》が向《む》うでいいました。

「いまや夕《ゆうべ》ははるかにきたり、拙講《せっこう》もまた全課《ぜんか》をおえた。諸君《しょくん》のうちの希望者《きぼうしゃ》は、けだしいつもの例《れい》により、そのノートをば拙者《せっしゃ》に示《しめ》し、さらに数箇《すうこ》の試問《しもん》を受《う》けて、所《しょ》属《ぞく》を決《けっ》すべきである。」学生《がくせい》たちはわあと叫《さけ》んで、みんなばたばたノートをとじました。それからそのまま帰《かえ》ってしまうものが大部分《だいぶぶん》でしたが、五六十人《ごろくじゅうにん》は一列《いちれつ》になって大《だい》

博士《はかせ》の前《まえ》をとおりながらノートを開《ひら》いて見《み》せるのでした。すると大博士《だいはかせ》はそれをちょっと見《み》て、一言《ひとこと》か二言《ふたこと》質問《しつもん》をして、それから白墨《はくぼく》でえりへ、「合《ごう》」とか、「再来《さいらい》」とか「奮励《ふんれい》」とか書《か》くのでした。学生《がくせい》はその間《あいだ》、いかにも心配《しんぱい》そうに首《くび》をちぢめているのでしたが、それからそっと肩《かた》をすぼめて廊下《ろうか》まで出《で》て、友達《ともだち》にそのしるしを読《よ》んでもらって、よろこんだりしょげたりするのでした。

ぐんぐん試験《しけん》がすんで、いよいよブドリ一人《ひとり》になりました。ブドリがその小《ちい》さな汚《きた》ない手帳《てちょう》を出《だ》したとき、クーボー大博士《だいはかせ》は大《おお》きなあくびをやりながら、かがんで眼《め》をぐっと手帳《てちょう》につけるようにしましたので、手帳《てちょう》はあぶなく大博士《だいはかせ》に吸《す》い込《こ》まれそうになりました。

ところが大博士《だいはかせ》は、うまそうにこくっと一つ息《いき》をして、

「よろしい。この図《ず》は非常《ひじょう》に正《ただ》しくできている。そのほかのところは、何《なん》だ、ははあ、沼《ぬま》ばたけのこやしのことに、馬《うま》のたべ物《もの》のことかね。では問題《もんだい》を答《こた》えなさい。工場《こうば》の煙突《えんとつ》から出《で》るけむりには、どういう色《いろ》の種類《しゅるい》があるか。」

ブドリは思《おも》わず大声《おおごえ》に答《こた》えました。

「黒《くろ》、褐《かっ》、黄《き》、灰《はい》、白《しろ》、無色《むしょく》。それからこれらの混合《こんごう》です。」

大博士《だいはかせ》はわらいました。

「無色《むしょく》のけむりはたいへんいい。形《かたち》についていいたまえ。」

「無風《むふう》で煙《けむり》が相当《そうとう》あれば、たての棒《ぼう》にもなりますが、さきはだんだんひろがります。雲《くも》の非常《ひじょう》に低《ひく》い日《ひ》は、棒《ぼう》は雲《くも》まで昇《のぼ》って行《い》って、そこから横《よこ》にひろがります。風《かぜ》のある日《ひ》は、棒《ぼう》は斜《なな》めになりますが、その傾《かたむ》きは風《かぜ》の程度《ていど》に従《したが》います。波《なみ》やいくつもきれになるのは、風《かぜ》のためにもよりますが、一つはけむりや煙突《えんとつ》のもつ癖《くせ》のためです。あまり煙《けむり》の少《すく》ないときは、コルク抜《ぬ》きの形《かたち》にもなり、煙《けむり》も重《おも》いガスがまじれば、煙突《えんとつ》の口《くち》から房《ふさ》になって、一方《いっぽう》ないし四方《しほう》に落《お》ちることもあります。」

大博士《だいはかせ》はまたわらいました。

「よろしい。きみはどういう仕事《しごと》をしているのか。」

「仕事《しごと》をみつけに来《き》たんです。」

「面白《おもしろ》い仕事《しごと》がある。名刺《めいし》をあげるから、そこへすぐ行《い》きなさい。」博士《はかせ》は名刺《めいし》をとり出《だ》して何《なに》かするする書《か》き込《こ》んでブドリにくれました。ブドリはおじぎをして、戸口《とぐち》を出《で》て行《い》こうとしますと、大博士《だいはかせ》はちょっと眼《め》で答《こた》えて、

「何《なん》だ。ごみを焼《や》いてるのかな。」と低《ひく》くつぶやきながら、テーブルの上《うえ》にあった鞄《かばん》に、

白墨《チョーク》のかけらや、はんけちや本《ほん》や、みんな一緒《いっしょ》に投《な》げ込《こ》んで小脇《こわき》にかかえ、さっき顔《かお》を出《だ》した窓《まど》から、プイッと外《そと》へ飛《と》び出《だ》しました。びっくりしてブドリが窓《まど》へかけよって見《み》ますといつか大博士《だいはかせ》は玩具《おもちゃ》のような小《ち》さな飛行船《ひこうせん》に乗《の》って、じぶんでハンドルをとりながら、もううす青《あお》いもやのこめた町《まち》の上《うえ》を、まっすぐに向《む》う へ飛《と》んでいるのでした。ブドリがいよいよあきれて見《み》ていますと、まもなく大博士《だいはかせ》は、向《む》うの大《おお》きな灰《はい》いろの建物《たてもの》の平屋根《ひらやね》に着《つ》いて船《ふね》を何《なに》かかぎのようなものにつなぐと、そのままぽろっと建物《たてもの》の中《なか》へ入《はい》って見《み》えなくなってしまいました。

五、イーハトーブ火山局《かざんきょく》

ブドリが、クーボー大博士《だいはかせ》から貰《もら》った名刺《めいし》の宛名《あてな》をたずねて、やっと着《つ》いたところは大《おお》きな茶《ちゃ》いろの建物《たてもの》で、うしろには房《ふさ》のような形《かたち》をした高《たか》い柱《はしら》が夜《よる》のそらにくっきり白《しろ》く立《た》っておりました。ブドリは玄関《げんかん》に上《あが》って呼鈴《よびりん》を押《お》しますと、すぐ人《ひと》が出《で》て来《き》て、ブドリの出《だ》した名刺《めいし》を受《う》け取《と》り、一目見《ひとめみ》ると、すぐブドリを突《つ》き当《あた》りの大《おお》きな室《へや》へ案内《あんない》しました。そこにはいままでに見《み》たこともないような大《おお》きなテーブルがあって、そのまん中《なか》に一人《ひとり》の少《すこ》し髪《かみ》の白《しろ》くなった人《ひと》のよさそうな立派《りっぱ》な人《ひと》が、きちんと座《すわ》って耳《みみ》に受話器《じゅわき》をあてながら何《なに》か書《か》いていました。そしてブドリの入《はい》って来《き》たのを見《み》ると、すぐ横《よこ》の椅子《いす》を指《ゆびさ》しながらまた続《つづ》けて何《なに》か書《か》きつけています。

　その室《へや》の右手《みぎて》の壁《かべ》いっぱいに、イーハトーブ全体《ぜんたい》の地図《ちず》が、美《うつく》しく色《いろ》どった巨《おお》きな模型《もけい》に作《つく》ってあって、鉄道《てつどう》も町《まち》も川《かわ》も野原《のはら》もみんな一目《ひとめ》でわかるようになっており、そのまん中《なか》を走《はし》るせぼねのような山脈《さんみゃく》と、海岸《かいがん》に沿《そ》って縁《へり》をとったようになっている山脈《さんみゃく》、またそれから枝《えだ》を出《だ》して海《うみ》の中《なか》に点々《てんてん》の島《しま》をつくっている一列《いちれつ》の山山《やまやま》には、みんな赤《あか》や橙《だいだい》や黄《き》のあかりがついていて、

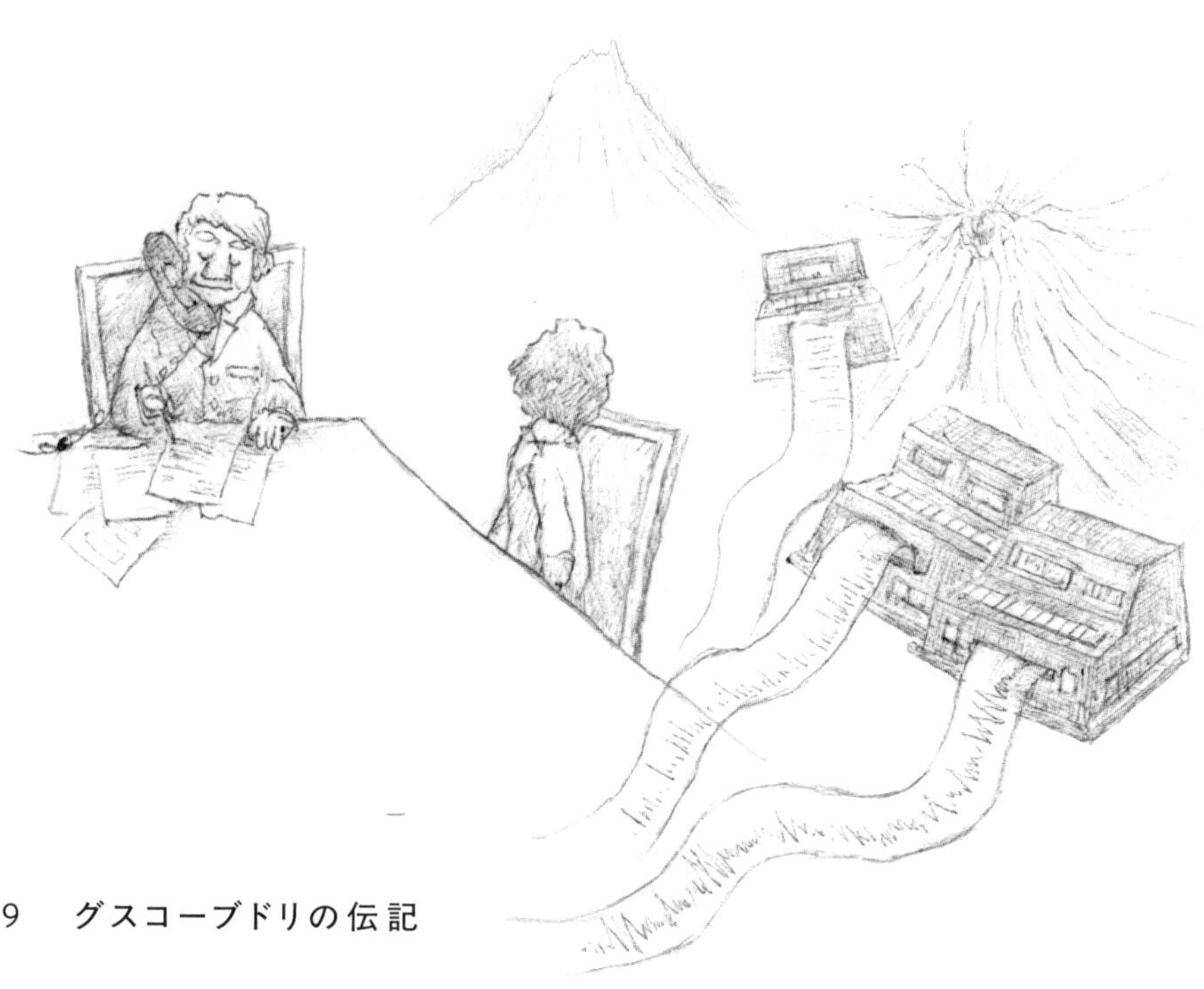

それが代《かわ》る代《がわ》る色《いろ》が変《かわ》ったりジーと蟬《せみ》のように鳴《な》ったり、数字《すうじ》が現《あら》われたり消《き》えたりしているのです。下《した》の壁《かべ》に添《そ》った棚《たな》には、黒《くろ》いタイプライターのようなものが三列《れつ》に百でもきかないくらい並《なら》んで、みんなしずかに動《うご》いたり鳴《な》ったりしているのでした。

ブドリがわれを忘《わす》れて見《み》とれておりますと、その人《ひと》が受話器《じゅわき》をことっと置《お》いてふところから名刺《めいし》入《い》れを出《だ》して、一枚《まい》の名刺《めいし》をブドリに出《だ》しながら、

「あなたが、グスコーブドリ君《くん》ですか。私《わたし》はこういうものです。」といいました。見《み》ると、イーハトーブ火山局《かざんきょく》技師《ぎし》ペンネンナームと書《か》いてありました。その人《ひと》はブドリのあいさつになれないでもじもじしているのを見《み》ると、重《かさ》ねて親切《しんせつ》にいいました。

「さっきクーボー博士《はかせ》から電話《でんわ》があったのでお待《ま》ちしていました。まあこれから、ここで仕事《しごと》しながらしっかり勉強《べんきょう》してごらんなさい。ここの仕事《しごと》は、去年《きょねん》はじまったばかりですが、じつに責任《せきにん》のあるもので、それに半分《はんぶん》はいつ噴火《ふんか》するかわからない火山《かざん》の上《うえ》で仕事《しごと》するものなのです。それに火山《かざん》の癖《くせ》というものは、なかなか学問《がくもん》でわかることではないのです。われわれはこれからよほどしっかりやらなければならんのです。では今晩《こんばん》はあっちにあなたの泊《とま》るところがありますから、そこでゆっくりお休《やす》みなさい。あしたこの建物中《たてものじゅう》をすっかり案内《あんない》しますから。」

次《つぎ》の朝《あさ》、ブドリはペンネン老技師《ろうぎし》に連《つ》れられて、建物《たてもの》のなかをいちいちつれて歩《ある》いてもらいさまざまの器械《きかい》やしかけを詳《くわ》しく教《おそ》わりました。その建物《たてもの》のなかのすべての器械《きかい》はみんなイーハトーブ中《じゅう》の三百いくつかの活火山《かっかざん》や休火山《きゅうかざん》に続《つづ》いていて、それらの火山《かざん》の煙《けむり》や灰《はい》を噴《ふ》いたり、熔岩《ようがん》を流《なが》したりしているようすはもちろん、みかけはじっとしている古《ふる》い火山《かざん》でも、その中《なか》の熔岩《ようがん》やガスのもようから、山《やま》の形《かたち》の変《かわ》りようまで、みんな数字《すうじ》になったり図《ず》になったりして、あらわれて来《く》るのでした。そしてはげしい変化《へんか》のある度《たび》に、模型《もけい》はみんな別々《べつべつ》の音《おと》で鳴《な》るのでした。

ブドリはその日《ひ》からペンネン老技師《ろうぎし》について、すべての器械《きかい》の扱《あつか》い方《かた》や観測《かんそく》のしかたを習《なら》い、夜《よる》も昼《ひる》も一心《いっしん》に働《はたら》いたり勉強《べんきょう》したりしました。そして二年《ねん》ばかりたちますとブドリはほかの人《ひと》たちと一緒《いっしょ》に、あちこちの火山《かざん》へ器械《きかい》をすえつけに出《だ》されたり、すえつけてある器械《きかい》の悪《わる》くなったのを修繕《しゅうぜん》にやられたりもするようになりましたので、もうブドリにはイーハトーブの三百いくつの火山《かざん》と、その働《はたら》きぐあいは掌《てのひら》の中《なか》にあるようにわかって来《き》ました。じつにイーハトーブには七十いくつの火山《かざん》が毎日《まいにち》煙《けむり》をあげたり、熔岩《ようがん》を流《なが》したりしているのでしたし、五十いくつかの休火山《きゅうかざん》は、いろいろなガスを噴《ふ》いたり、熱《あつ》い湯《ゆ》を出《だ》したりしていました。そして残《のこ》りの百六七十《ひゃくろくななじゅう》の死火山《しかざん》のうちにもいつまた何《なに》をはじめるかわからないものもあるのでした。
ある日《ひ》ブドリが老技師《ろうぎし》とならんで仕事《しごと》をしておりますと、にわかにサンムトリという南《みなみ》の方《ほう》の海岸《かいがん》にある火山《かざん》が、むくむく器械《きかい》に感《かん》じ出《だ》して来《き》ました。老技師《ろうぎし》が叫《さけ》びました。

「ブドリ君《くん》。サンムトリは、今朝《けさ》まで何《なに》もなかったね。」

「はい、いままでサンムトリのはたらいたのを見《み》たことがありません。」

「ああ、これはもう噴火《ふんか》が近《ちか》い。今朝《けさ》の地震《じしん》がしげきしたのだ。この山《やま》の北《きた》十キロのところにはサンムトリの市《し》がある。今度爆発《こんどばくはつ》すれば、多分山《たぶんやま》は三分《ぶん》の一、北側《きたがわ》をはねとばして、牛《うし》やテーブルぐらいの岩《いわ》は熱《あつ》い灰《はい》やガスといっしょに、どしどしサンムトリ市《し》に落《お》ちてくる。どうでも今《いま》のうちにこの海《うみ》に向《む》いた方《ほう》へボーリングを入《い》れて傷口《きずぐち》をこさえて、ガスを抜《ぬ》くか熔岩《ようがん》を出《だ》させるかしなければならない。今《いま》すぐ二人《ふたり》で見《み》に行《い》こう。」二人《ふたり》はすぐに支度《したく》して、サンムトリ行《い》きの汽車《きしゃ》に乗《の》りました。

六、サンムトリ火山《かざん》

二人《ふたり》は次《つぎ》の朝《あさ》、サンムトリの市《し》に着《つ》き、ひるころサンムトリ火山《かざん》の頂近《いただきちか》く、観測器《かんそくき》械《かい》を置《お》いてある小屋《こや》に登《のぼ》りました。そこは、サンムトリ山《さん》の古《ふる》い噴火口《ふんかこう》の外輪山《がいりんざん》が、海《うみ》の方《ほう》へ向《む》いて欠《か》けた所《ところ》で、その小屋《こや》の窓《まど》からながめますと、海《うみ》は青《あお》や灰《はい》いろのいくつもの縞《しま》になって見《み》え、その中《なか》を汽船《きせん》は黒《くろ》いけむりを吐《は》き、銀《ぎん》いろの水脈《みお》を引《ひ》いていくつも滑《すべ》っているのでした。

老技師《ろうぎし》はしずかにすべての観測機《かんそくき》を調《しら》べ、それからブドリにいいました。

「きみはこの山《やま》はあと何日《なんにち》ぐらいで噴火《ふんか》すると思《おも》うか。」

「一月《ひとつき》はもたないと思《おも》います。」

「一月《ひとつき》はもたない。もう十日《とおか》ももたない。早《はや》く工作《こうさく》をしてしまわないと、取《と》り返《かえ》しのつかないことになる。私《わたし》はこの山《やま》の海《うみ》に向《む》いた方《ほう》では、あすこが一番弱《いちばんよわ》いと思《おも》う。」

老技師《ろうぎし》は山腹《さんぷく》の谷《たに》の上《うえ》のうす緑《みどり》の草地《くさち》を指《ゆび》さしました。そこを雲《くも》の影《かげ》がしずかに青《あお》く滑《すべ》っているのでした。

「あすこには熔岩《ようがん》の層《そう》が二つしかない。あとは柔《やわ》らかな火山灰《かざんばい》と火山礫《かざんれき》の層《そう》だ。それにあすこまでは牧場《ぼくじょう》の道《みち》も立派《りっぱ》にあるから、材料《ざいりょう》を運《はこ》ぶことも造作《ぞうさ》ない。ぼくは工作《こうさく》隊《たい》を申請《しんせい》しよう。」老技師《ろうぎし》は忙《せわ》しく局《きょく》へ発信《はっしん》をはじめました。その時《とき》あしの下《した》では、つぶやくようなかすかな音《おと》がして、観測小屋《かんそくごや》はしばらくぎしぎしきしみました。老技《ろうぎ》師《し》は機械《きかい》をはなれました。

「局《きょく》からすぐ工作隊《こうさくたい》を出《だ》すそうだ。工作隊《こうさくたい》といっても半分決死隊《はんぶんけっしたい》だ。私《わたし》はいままでに、こんな危険《きけん》に迫《せま》った仕事《しごと》をしたことがない。」

「十日《とおか》のうちにできるでしょうか。」

「きっとできる。装置《そうち》には三日《みっか》、サンムトリ市《し》の発電所《はつでんしょ》から、電線《でんせん》を引《ひ》いてくるには五日《いつか》かかるな。」

技師《ぎし》はしばらく指《ゆび》を折《お》って考《かんが》えていましたが、やがて安心《あんしん》したようにまたしずかにいいました。

「とにかくブドリ君《くん》。一つ茶《ちゃ》をわかしてのもうではないか。あんまりいい景色《けしき》だから。」

ブドリは持《も》って来《き》たアルコールランプに火《ひ》を入《い》れて茶《ちゃ》をわかしはじめました。空《そら》にはだんだん雲《くも》が出《で》て、それに日《ひ》ももう落《お》ちたのか、海《うみ》はさびしい灰《はい》いろに変《かわ》り、たくさんの白《しろ》い波《なみ》がしらは、いっせいに火山《かざん》のすそに寄《よ》せて来《き》ました。

ふとブドリはすぐ眼《め》の前《まえ》にいつか見《み》たことのあるおかしな形《かたち》の小《ちい》さな飛行船《ひこうせん》が飛《と》んでいるのを見《み》つけました。老技師《ろうぎし》もはねあがりました。

「あ、クーボー君《くん》がやって来《き》た。」

ブドリも続《つづ》いて小屋《こや》をとび出《だ》しました。飛行船《ひこうせん》はもう小屋《こや》の左側《ひだりがわ》の大《おお》きな岩《いわ》の壁《かべ》の上《うえ》にとまって中《なか》からせいの高《たか》いクーボー大博士《だいはかせ》がひらりと飛《と》び下《お》りていました。博士《はかせ》はしばらくその辺《へん》の岩《いわ》の大《おお》きなさけ目《め》をさがしていましたが、やっとそれを見《み》つけたと見《み》えて、手早《てばや》くねじをしめて飛行船《ひこうせん》をつなぎました。

「お茶《ちゃ》をよばれに来《き》たよ。ゆれるかい。」大博士《だいはかせ》はにやにやわらっていいました。老《ろう》技師《ぎし》が答《こた》えました。

「まだそんなでない。けれどもどうも岩《いわ》がぽろぽろ上《うえ》から落《お》ちているらしいんだ。」

ちょうどその時《とき》、山《やま》はにわかに怒《おこ》ったように鳴《な》り出《だ》し、ブドリは眼《め》の前《まえ》が青《あお》くなったように思《おも》いました。山《やま》はぐらぐら続《つづ》けてゆれました。見《み》るとクーボー大博士《だいはかせ》も老技《ろうぎ》師《し》もしゃがんで岩《いわ》へしがみついていましたし、飛行船《ひこうせん》も大《おお》きな波《なみ》に乗《の》った船《ふね》のようにゆっくりゆれておりました。地震《じしん》はやっとやみクーボー大博士《だいはかせ》は、起《お》きあがってすたすたと小屋《こや》へ入《はい》って行《い》きました。中《なか》ではお茶《ちゃ》がひっくり返《かえ》って、アルコールが青《あお》くぽかぽか燃《も》えていました。クーボー大博士《だいはかせ》は機械《きかい》をすっかり調《しら》べて、それから老技師《ろうぎし》といろいろはなしました。そしてしまいにいいいました。

「もうどうしても来年《らいねん》は*1潮汐発電所《ちょうせきはつでんしょ》を全部《ぜんぶ》作《つく》ってしまわなければならない。それができれば今度《こんど》のような場合《ばあい》にもその日《ひ》のうちに仕事《しごと》ができるし、ブドリ君《くん》がいっている沼《ぬま》ばたけの肥料《ひりょう》も降《ふ》らせられるんだ。」

「かんばつだってちっともこわくなくなるからな。」ペンネン技師《ぎし》もいいました。ブドリは胸《むね》がわくわくしました。山《やま》まで踊《おど》りあがっているように思《おも》いました。じっさい山《やま》は、その時《とき》はげしくゆれ出《だ》して、ブドリは床《ゆか》へ投《な》げ出《だ》されていたのです。大博士《だいはかせ》がいいました。

「やるぞ。やるぞ。いまのはサンムトリの市《し》へもかなり感《かん》じたにちがいない。」

老技師《ろうぎし》がいいました。

「今《いま》のはぼくらの足《あし》もとから、北《きた》へ一キロばかり地表下《ちひょうか》七百米《メートル》ぐらいの所《ところ》で、この小屋《こや》の六七十倍《ばい》ぐらいの岩《いわ》の塊《かたまり》が熔岩《ようがん》の中《なか》へ落《お》ち込《こ》んだらしいのだ。ところがガスがいよいよ最後《さいご》の岩《いわ》の皮《かわ》をはね飛《と》ばすまでにはそんな塊《かたまり》を百も二百も、じぶんのからだの中《なか》にとらなければならない。」

大博士《だいはかせ》はしばらく考《かんが》えていましたが、「そうだ、僕《ぼく》はこれで失敬《しっけい》しよう。」といって小屋《こや》を出《で》て、いつかひらりと船《ふね》に乗《の》ってしまいました。老技師《ろうぎし》とブドリは、大博士《だいはかせ》があかりを二三度《にさんど》振《ふ》ってあいさつしながら山《やま》をまわって向《む》こうへ行《い》くのを見送《みおく》ってまた小《こ》屋《や》に入《はい》り、かわるがわるねむったり観測《かんそく》したりしました。そしてあけ方《がた》ふもとへ工作《こうさく》隊《たい》がつきますと、老技師《ろうぎし》はブドリを一人《ひとり》小屋《こや》に残《のこ》して、昨日《きのう》指《ゆび》さしたあの草地《くさち》まで降《お》りて行《い》きました。みんなの声《こえ》や、鉄《てつ》の材料《ざいりょう》の触《ふ》れ合《あ》う音《おと》は、下《した》から風《かぜ》が吹《ふ》き上《あ》げるときは、手《て》にとるようにきこえました。ペンネン技師《ぎし》からはひっきりなしに、向《む》こうの仕《し》事《ごと》の進《すす》みぐあいも知《し》らせてよこし、ガスの圧力《あつりょく》や山《やま》の形《かたち》の変《か》わりようも尋《たず》ねて来《き》ました。それから三日《みっか》の間《あいだ》は、はげしい地震《じしん》や地鳴《じな》りの中《なか》でブドリの方《ほう》も、ふもとの方《ほう》もほとんどねむるひまさえありませんでした。その四日目《よっかめ》の午後《ごご》、老技師《ろうぎし》からの発信《はっしん》がいってきました。

「ブドリ君《くん》だな。すっかり支度《したく》ができた。急《いそ》いで降《お》りてきたまえ。観測《かんそく》の器械《きかい》は一《いっ》ぺん調《しら》べてそのままにして、表《ひょう》は全部《ぜんぶ》持《も》ってくるのだ。もうその小屋《こや》は今日《きょう》の午後《ごご》にはなくなるんだから。」

ブドリはすっかりいわれた通《とお》りにして山《やま》を下《お》りて行《い》きました。そこにはいままで局《きょく》の倉庫《そうこ》にあった大《おお》きな鉄材《てつざい》が、すっかり*2櫓《やぐら》に組《く》み立《た》っていて、いろいろな機械《きかい》はもう電流《でんりゅう》さえ来《く》ればすぐに働《はたら》き出《だ》すばかりになっていました。ペンネン技師《ぎし》の頬《ほお》はげっそ

*1 潮《しお》の満《み》ち引《ひ》きを利用《りよう》する発電所《はつでんしょ》。
*2 木《き》を組《く》みあげてつくった高《たか》い台《だい》。

り落《お》ち、工作隊《こうさくたい》の人《ひと》たちも青《あお》ざめて眼《め》ばかり光《ひか》らせながら、それでもみんな笑《わら》ってブドリにあいさつしました。老技師《ろうぎし》がいいました。

「では引《ひ》き上《あ》げよう。みんな支度《したく》して車《くるま》に乗《の》りたまえ。」みんなは大急《おおいそ》ぎで二十台《だい》の自動車《じどうしゃ》に乗《の》りました。車《くるま》は列《れつ》になって山《やま》のすそを一散《いっさん》にサンムトリの市《し》に走《はし》りました。ちょうど山《やま》と市《し》とのまん中《なか》ごろで技師《ぎし》は自動車《じどうしゃ》をとめさせました。

「ここへ天幕《てんと》を張《は》りたまえ。そしてみんなでねむるんだ。」

みんなは、物《もの》を一言《ひとこと》もいえずにその通《とお》りにして倒《たお》れるようにねむってしまいました。

その午後《ごご》、老技師《ろうぎし》は受話器《じゅわき》を置《お》いて叫《さけ》びました。

「さあ電線《でんせん》は届《とど》いたぞ。ブドリ君《くん》、始《はじ》めるよ。」老技師《ろうぎし》はスイッチを入《い》れました。ブドリたちは、天幕《てんと》の外《そと》に出《で》て、サンムトリの中腹《ちゅうふく》を見《み》つめました。野原《のはら》には、白百合《しらゆり》がいちめん咲《さ》き、その向《む》うにサンムトリが青《あお》くひっそり立《た》っていました。

にわかにサンムトリの左《ひだり》のすそがぐらぐらっとゆれまっ黒《くろ》なけむりがぱっと立《た》ったと思《おも》うとまっすぐに天《てん》にのぼって行《い》って、おかしなきのこの形《かたち》になり、その足《あし》もとから黄金色《きんいろ》の熔岩《ようがん》がきらきら流《なが》れ出《だ》して、見《み》るまにずうっと扇形《おうぎがた》にひろがりながら海《うみ》へ入《はい》りました。と思《おも》うと地面《じめん》ははげしくぐらぐらゆれ、百合《ゆり》の花《はな》もいちめんゆれ、それからごうっというような大《おお》きな音《おと》が、みんなを倒《たお》すくらい強《つよ》くやってきました。それから風《かぜ》がどうっと吹《ふ》いて行《い》きました。

「やったやった。」とみんなはそっちに手《て》をのばして高《たか》く叫《さけ》びました。この時《とき》サンムトリの煙《けむり》は、崩《くず》れるようにそらいっぱいひろがって来《き》ましたが、たちまちそらはまっ暗《くら》になって、熱《あつ》いこいしがぱらぱらぱらぱら降《ふ》ってきました。みんなは天幕《てんと》の中《なか》にはいって心配《しんぱい》そうにしていましたが、ペンネン技師《ぎし》は、時計《とけい》を見《み》ながら、

「ブドリ君《くん》、うまく行《い》った。危険《きけん》はもう全《まった》くない。市《し》の方《ほう》へは灰《はい》をすこし降《ふ》らせるだけだろう。」といいました。こいしはだんだん灰《はい》にかわりました。それもまもなく薄《うす》

くなってみんなはまた天幕《てんと》の外《そと》へ飛《と》び出《だ》しました。野原《のはら》はまるで一めん鼠《ねずみ》いろになって、灰《はい》はちょっとばかり積《つも》り、百合《ゆり》の花《はな》はみんな折《お》れて灰《はい》に埋《うず》まり、空《そら》は変《へん》に緑《みどり》いろでした。そしてサンムトリのすそには小《ちい》さなこぶができて、そこから灰《はい》いろの煙《けむり》が、まだどんどん登《のぼ》っておりました。

その夕方《ゆうがた》みんなは、灰《はい》やこいしを踏《ふ》んで、もう一度《いちど》山《やま》へのぼって、新《あたら》しい観測《かんそく》の機械《きかい》をすえつけて帰《かえ》りました。

七、雲《くも》の海《うみ》

それから四年《ねん》の間《あいだ》に、クーボー大博士《だいはかせ》の計画通《けいかくどお》り、潮汐発電所《ちょうせきはつでんしょ》は、イーハトーブの海岸《かいがん》に沿《そ》って、二百も配置《はいち》されました。イーハトーブをめぐる火山《かざん》には、観測小屋《かんそくごや》といっしょに、白《しろ》く塗《ぬ》られた鉄《てつ》の櫓《やぐら》が順々《じゅんじゅん》に建《た》ちました。

ブドリは技師《ぎし》心得《こころえ》になって、一年《ねん》の大部分《だいぶぶん》は火山《かざん》から火山《かざん》とまわってあるいたり、危《あぶな》くなった火山《かざん》を工作《こうさく》したりしていました。

次《つぎ》の年《とし》の春《はる》、イーハトーブの火山局《かざんきょく》では、次《つぎ》のようなポスターを村《むら》や町《まち》へ張《は》りました。

「窒《ちっ》素《そ》肥料《ひりょう》を降《ふ》らせます。

今年《ことし》の夏《なつ》、雨《あめ》といっしょに、硝酸《しょうさん》アムモニアをみなさんの沼《ぬま》ばたけや蔬菜《そさい》*ばたけに降《ふ》らせますから、肥料《ひりょう》を使《つか》う方《かた》は、その分《ぶん》を入《い》れて計算《けいさん》してください。分量《ぶんりょう》は百メートル四方《しほう》につき百二十キログラムです。

雨《あめ》もすこしは降《ふ》らせます。

かんばつの際《さい》には、とにかく作物《さくもつ》の枯《か》れないぐらいの雨《あめ》は降《ふ》らせることができますから、いままで水《みず》が来《こ》なくなって作付《さくづけ》しなかった沼《ぬま》ばたけも、今年《ことし》は心配《しんぱい》せずに植《う》えつけてください。」


その年《とし》の六月《がつ》、ブドリはイーハトーブのまん中《なか》にあたるイーハトーブ火山《かざん》の頂上《ちょうじょう》の小屋《こや》におりました。下《した》はいちめん灰《はい》いろをした雲《くも》の海《うみ》でした。そのあちこちからイーハトーブ中《じゅう》の火山《かざん》のいただきが、ちょうど島《しま》のように黒《くろ》く出《で》ておりました。その雲《くも》のすぐ上《うえ》を一隻《せき》の飛行船《ひこうせん》が、船尾《せんび》からまっ白《しろ》な煙《けむり》を噴《ふ》いて一つの峯《みね》から一つの峯《みね》へちょうど橋《はし》をかけるように飛《と》びまわっていました。そのけむりは、時間《じかん》がたつほどだんだん太《ふと》くはっきりなってしずかに下《した》の雲《くも》の海《うみ》に落《お》ちかぶさり、まもなく、いちめんの雲《くも》の海《うみ》にはうす白《しろ》く光《ひか》る大《おお》きな網《あみ》が、山《やま》から山《やま》へ張《は》りわたされました。いつか飛行船《ひこうせん》は

*野菜《やさい》のこと。

けむりを納《おさ》めて、しばらくあいさつするように輪《わ》を描《か》いていましたが、やがて船首《せんしゅ》を垂《た》れてしずかに雲《くも》の中《なか》へ沈《しず》んで行《い》ってしまいました。受話器《じゅわき》がジーと鳴《な》りました。ペンネン技師《ぎし》の声《こえ》でした。

「船《ふね》はいま帰《かえ》って来《き》た。下《した》の方《ほう》の支度《したく》はすっかりいい。雨《あめ》はざあざあ降《ふ》っている。もうよかろうと思《おも》う。はじめてくれたまえ。」

ブドリはぼたんを押《お》しました。見《み》る見《み》るさっきのけむりの網《あみ》は、美《うつく》しい桃《もも》いろや青《あお》や紫《むらさき》に、パッパッと眼《め》もさめるようにかがやきながら、点《つ》いたり消《き》えたりしました。ブドリはまるでうっとりとしてそれに見《み》とれました。そのうちにだんだん日《ひ》は暮《く》れて、雲《くも》の海《うみ》もあかりが消《き》えたときは、灰《はい》いろか鼠《ねずみ》いろかわからないようになりました。

受話器《じゅわき》が鳴《な》りました。

「硝酸《しょうさん》アムモニアはもう雨《あめ》の中《なか》へでてきている。量《りょう》もこれぐらいならちょうどいい。移動《いどう》のぐあいもいいらしい。あと四時間《じかん》やれば、もうこの地方《ちほう》は今月中《こんげつちゅう》はたくさんだろう。つづけてやってくれたまえ。」

ブドリはもううれしくってはね上《あが》りたいくらいでした。この雲《くも》の下《した》で昔《むかし》の赤《あか》ひげの主人《しゅじん》もとなりの石油《せきゆ》がこやしになるかといった人《ひと》も、みんなよろこんで雨《あめ》の音《おと》を聞《き》いている。そしてあすの朝《あさ》は、見違《みちが》えるように緑色《みどりいろ》になったオリザの株《かぶ》を手《て》でなでたりするだろう、まるで夢《ゆめ》のようだと思《おも》いながら雲《くも》のまっくらになったり、また美《うつく》しく輝《かがや》いたりするのを眺《なが》めておりました。ところが短《みじか》い夏《なつ》の夜《よる》はもう明《あ》けるらしかったのです。電光《でんこう》の合間《あいま》に、東《ひがし》の雲《くも》の海《うみ》のはてがぼんやり黄《き》ばんでいるのでした。

ところがそれは月《つき》が出《で》るのでした。大《おお》きな黄《き》いろな月《つき》がしずかに登《のぼ》ってくるのでした。そして雲《くも》が青《あお》く光《ひか》るときは変《へん》に白《しろ》っぽく見《み》え、桃《もも》いろに光《ひか》るときは何《なに》かわらっているように見《み》えるのでした。ブドリは、もうじぶんが誰《だれ》なのか何《なに》をしているのか忘《わす》れてしまって、ただぼんやりそれをみつめていました。受話器《じゅわき》がジーと鳴《な》りました。

「こっちではだいぶ雷《かみなり》が鳴《な》りだして来《き》た。網《あみ》があちこちちぎれたらしい。あんまり鳴《な》らすとあしたの新聞《しんぶん》が悪口《わるぐち》をいうからもう十分《ぷん》ばかりでやめよう。」

ブドリは受話器《じゅわき》を置《お》いて耳《みみ》をすましました。雲《くも》の海《うみ》はあっちでもこっちでもぶつぶつぶつぶつつぶやいているのです。よく気《き》をつけて聞《き》くとやっぱりそれはきれぎれの雷《かみなり》の音《おと》でした。ブドリはスイッチを切《き》りました。にわかに月《つき》のあかりだけになった雲《くも》の海《うみ》は、やっぱりしずかに北《きた》へ流《なが》れています。ブドリは毛布《もうふ》をからだに巻《ま》いてぐっすりねむりました。

八、秋《あき》

その年《とし》の農作物《のうさくもつ》の収穫《しゅうかく》は、気候《きこう》のせいもありましたが、十年《ねん》の間《あいだ》にもなかったほど、よく出来《でき》ましたので、火山局《かざんきょく》にはあっちからもこっちからも感謝状《かんしゃじょう》や激励《げきれい》の手紙《てがみ》が届《とど》きました。ブドリははじめてほんとうに生《い》きた甲斐《かい》があるように思《おも》いました。

ところがある日《ひ》、ブドリがタチナという火山《かざん》へ行《い》った帰《かえ》り、とりいれのすんでがらんとした沼《ぬま》ばたけの中《なか》の小《ちい》さな村《むら》を通《とお》りかかりました。ちょうどひるころなので、パンを買《か》おうと思《おも》って、一軒《けん》の雑貨《ざっか》や菓子《かし》を売《う》っている店《みせ》へ寄《よ》って、

「パンはありませんか。」とききました。すると、そこには三人《にん》のはだしの人《ひと》たちが、眼《め》をまっ赤《か》にして酒《さけ》をのんでおりましたが、一人《ひとり》が立《た》ち上《あが》って、

「パンはあるが、どうも食《く》われないパンでな。石盤《セキバン》だもな。」とおかしなことをいいますと、みんなは面白《おもしろ》そうにブドリの顔《かお》を見《み》てどっと笑《わら》いました。ブドリはいやになって、ぷいっと表《おもて》へ出《で》ましたら、向《むこ》うから髪《かみ》を角刈《かくが》りにしたせいの高《たか》い男《おとこ》が来《き》て、いきなり、

「おい、お前《まえ》、今年《ことし》の夏《なつ》、電気《でんき》でこやし降《ふ》らせたブドリだな。」といいました。

「そうだ。」ブドリは何気《なにげ》なく答《こた》えました。その男《おとこ》は高《たか》く叫《さけ》びました。

「火山局《かざんきょく》のブドリ来《き》たぞ。みんな集《あつま》れ。」

すると今《いま》の家《うち》の中《なか》やそこらの畑《はたけ》から、七八人《しちはちにん》の百姓《ひゃくしょう》たちが、げらげらわらってかけて来《き》ました。

「この野郎《やろう》、きさまの電気《でんき》のおかげで、おいらのオリザ、みんな倒《たお》れてしまったぞ。何《な》してあんなまねしたんだ。」一人《ひとり》がいいました。

ブドリはしずかにいいました。

「倒《たお》れるなんて、きみらは春《はる》に出《だ》したポスターを見《み》なかったのか。」

「何《なに》この野郎《やろう》。」いきなり一人《ひとり》がブドリの帽子《ぼうし》を叩《たた》き落《おと》しました。それからみんなは寄《よ》ってたかってブドリをなぐったりふんだりしました。ブドリはとうとう何《なに》が何《なん》だかわからなくなって倒《たお》れてしまいました。

気《き》がついて見《み》るとブドリはどこか病院《びょういん》らしい室《へや》の白《しろ》いベッドに寝《ね》ていました。枕《まくら》もとには見舞《みまい》の電報《でんぽう》や、たくさんの手紙《てがみ》がありました。ブドリのからだ中《じゅう》は痛《いた》くて熱《あつ》く、動《うご》くことができませんでした。けれどもそれから一週間《しゅうかん》ばかりたちますと、もうブドリはもとの元気《げんき》になっていました。そして新聞《しんぶん》で、あのときの出来事《できごと》は、肥料《ひりょう》の入《い》れ様《よう》をまちがって教《おし》えた農業技師《のうぎょうぎし》が、オリザの倒《たお》れたのをみんな火山局《かざんきょく》のせいにして、ごまかしていたためだということを読《よ》んで、大《おお》きな声《こえ》で一人《ひとり》で笑《わら》いました。その次《つぎ》の日《ひ》の午後《ごご》、病院《びょういん》の小使《こづかい》が入《はい》って来《き》て、

「ネリというご婦人《ふじん》のお方《かた》が訪《たず》ねておいでになりました。」といいました。ブドリは夢《ゆめ》ではないかと思《おも》いましたら、まもなく一人《ひとり》の日《ひ》に焼《や》けた百姓《ひゃくしょう》のおかみさんのような人《ひと》が、おずおずと入《はい》って来《き》ました。それはまるで変《かわ》ってはいましたが、あの森《もり》の中《なか》から誰《だれ》かにつれて行《い》かれたネリだったのです。二人《ふたり》はしばらく物《もの》もいえませんでしたが、やっとブドリが、その後《のち》のことをたずねますと、ネリもぽつぽつとイーハトーブの百《ひゃく》姓《しょう》のことばで、今《いま》までのことをはなしました。ネリを連《つ》れて行《い》ったあの男《おとこ》は、三日《みっか》ばかりの後《のち》、面倒臭《めんどうくさ》くなったのかある小《ちい》さな牧場《ぼくじょう》の近《ちか》くへネリを残《のこ》してどこかへ行《い》ってしまったのでした。

ネリがそこらを泣《な》いて歩《ある》いていますと、その牧場《ぼくじょう》の主人《しゅじん》がかあいそうに思《おも》って家《うち》へ入《い》れて赤《あか》ん坊《ぼう》のお守《もり》をさせたりしていましたが、だんだんネリは何《なん》でも働《はたら》けるようになったのでとうとう三四年前《さんよねんまえ》にその小《ちい》さな牧場《ぼくじょう》の一番上《いちばんうえ》の息子《むすこ》と結婚《けっこん》したというので

した。そして今年《ことし》は肥料《ひりょう》も降《ふ》ったので、いつもなら*1厩肥《うまやごえ》を遠《とお》くの畑《はたけ》まで運《はこ》び出《だ》さなければならず、大《たい》へん難儀《なんぎ》したのを、近《ちか》くのかぶらの畑《はたけ》へみんな入《い》れたし、遠《とお》くのとうもろこしもよくできたので、家《うち》じゅうみんなよろこんでいるというようなこともいいました。またあの森《もり》の中《なか》へ主人《しゅじん》の息子《むすこ》といっしょに何《なん》べんも行《い》って見《み》たけれども、家《うち》はすっかり壊《こわ》れていたし、ブドリはどこへ行《い》ったかわからないのでいつもがっかりして帰《かえ》っていたら、昨日《きのう》新聞《しんぶん》で主人《しゅじん》がブドリのけがをしたことを読《よ》んだのでやっとこっちへ訪《たず》ねて来《き》たということもいいました。ブドリは、直《なお》ったらきっとその家《うち》へ訪《たず》ねて行《い》ってお礼《れい》をいう約束《やくそく》をしてネリを帰《かえ》しました。

九、カルボナード島《とう》

それからの五年《ねん》は、ブドリにはほんとうに楽《たの》しいものでした。赤《あか》ひげの主人《しゅじん》の家《うち》にも何《なん》べんもお礼《れい》に行《い》きました。

もうよほど年《とし》はとっていましたが、やはり非常《ひじょう》な元気《げんき》で、こんどは毛《け》の長《なが》い兎《うさぎ》を千びき以上《いじょう》飼《か》ったり、赤《あか》い*2甘藍《かんらん》ばかり畑《はたけ》に作《つく》ったり、相変《あいかわ》らずの山師《やまし》はやっていました

*1 家畜《かちく》の糞尿《ふんにょう》にわらなどをまぜてつくった肥料《ひりょう》。　*2 キャベツのこと。

が、暮《くら》しはずうっといいようでした。

ネリには、かあいらしい男《おとこ》の子《こ》が生《うま》れました。冬《ふゆ》に仕事《しごと》がひまになると、ネリはその子《こ》にすっかりこどもの百姓《ひゃくしょう》のようなかたちをさせて、主人《しゅじん》といっしょに、ブドリの家《いえ》に訪《たず》ねて来《き》て、泊《とま》って行《い》ったりするのでした。

ある日《ひ》、ブドリのところへ、昔《むかし》てぐす飼《か》いの男《おとこ》にブドリといっしょに使《つか》われていた人《ひと》が訪《たず》ねて来《き》て、ブドリたちのお父《とう》さんのお墓《はか》が森《もり》のいちばんはずれの大《おお》きな榧《かや》の木《き》の下《した》にあるということを教《おし》えて行《い》きました。それは、はじめ、てぐす飼《か》いの男《おとこ》が森《もり》に来《き》て、森《もり》じゅうの樹《き》を見《み》てあるいたとき、ブドリのお父《とう》さんたちの冷《つめた》くなったからだを見《み》つけて、ブドリに知《し》らせないように、そっと土《つち》に埋《うず》めて、上《うえ》へ一本《ぽん》の樺《かば》の枝《えだ》をたてて置《お》いたというのでした。ブドリは、すぐネリたちをつれてそこへ行《い》って、白《しろ》い石《せっ》灰岩《かいがん》の墓《はか》をたてて、それからもその辺《へん》を通《とお》るたびにいつも寄《よ》ってくるのでした。

そしてちょうどブドリが二十七の年《とし》でした。どうもあの恐《おそ》ろしい寒《さむ》い気候《きこう》がまた来《く》るような模様《もよう》でした。測候所《そっこうじょ》では、太陽《たいよう》の調子《ちょうし》や北《きた》の方《ほう》の海《うみ》の氷《こおり》の様子《ようす》からその年《とし》の二月《がつ》にみんなへそれを予報《よほう》しました。それが一足《ひとあし》ずつだんだん本当《ほんとう》になってこぶしの花《はな》が咲《さ》かなかったり、五月《がつ》に十日《とおか》もみぞれが降《ふ》ったりしますと、みんなはもう、この前《まえ》の凶作《きょうさく》を思《おも》い出《だ》して生《い》きたそらもありませんでした。クーボー大博士《だいはかせ》も、たびたび気象《きしょう》や農業《のうぎょう》の技師《ぎし》たちと相談《そうだん》したり、意見《いけん》を新聞《しんぶん》へ出《だ》したりしましたが、やっぱりこのはげしい寒《さむ》さだけはどうともできないようすでした。

ところが六月《がつ》もはじめになって、まだ黄《き》いろなオリザの苗《なえ》や、芽《め》を出《だ》さない樹《き》を見《み》ますと、ブドリはもういても立《た》ってもいられませんでした。このままで過《す》ぎるなら、森《もり》にも野原《のはら》にも、ちょうどあの年《とし》のブドリの家族《かぞく》のようになる人《ひと》がたくさんできるのです。ブドリはまるで物《もの》もたべずにいく晩《ばん》もいく晩《ばん》も考《かんが》えました。ある晩《ばん》ブドリは、クーボー大博士《だいはかせ》のうちを訪《たず》ねました。

「先生《せんせい》、気層《きそう》のなかに炭酸《たんさん》ガスが増《ふ》えてくれば暖《あたたか》くなるのですか。」

「それはなるだろう。地球《ちきゅう》ができてからいままでの気温《きおん》は、大抵空気中《たいていくうきちゅう》の炭酸《たんさん》ガスの量《りょう》できまっていたといわれるくらいだからね。」

「カルボナード火山島《かざんとう》が、いま爆発《ばくはつ》したら、この気候《きこう》を変《か》えるくらいの炭酸《たんさん》ガスを噴《ふ》くでしょうか。」

「それは僕《ぼく》も計算《けいさん》した。あれがいま爆発《ばくはつ》すれば、ガスはすぐ大循環《だいじゅんかん》の上層《じょうそう》の風《かぜ》にまじって地球《ちきゅう》ぜんたいを包《つつ》むだろう。そして下層《かそう》の空気《くうき》や地表《ちひょう》からの熱《ねつ》の放散《ほうさん》を防《ふせ》ぎ、地《ち》球全体《きゅうぜんたい》を平均《へいきん》で五度位《どくらい》温《あたた》かにするだろうと思《おも》う。」

「先生《せんせい》、あれを今《いま》すぐ噴《ふ》かせられないでしょうか。」

「それはできるだろう。けれども、その仕事《しごと》に行《い》ったもののうち、最後《さいご》の一人《ひとり》はどうしてもにげられないのでね。」

「先生《せんせい》、私《わたくし》にそれをやらしてください。どうか先生《せんせい》からペンネン先生《せんせい》へお許《ゆる》しの出《で》るようおことばをください。」

「それはいけない。きみはまだ若《わか》いし、いまのきみの仕事《しごと》に代《か》われるものはそうはない。」

「私《わたくし》のようなものは、これからたくさんできます。私《わたくし》よりもっともっと何《なん》でもできる人《ひと》が、私《わたくし》よりもっと立派《りっぱ》にもっと美《うつく》しく、仕事《しごと》をしたり笑《わら》ったりして行《い》くのですから。」

「その相談《そうだん》は僕《ぼく》はいかん。ペンネン技師《ぎし》にはなしたまえ。」

ブドリは帰《かえ》って来《き》て、ペンネン技師《ぎし》に相談《そうだん》しました。技師《ぎし》はうなずきました。

「それはいい。けれども僕《ぼく》がやろう。僕《ぼく》は今年《ことし》もう六十三なのだ。ここで死《し》ぬなら全《まった》く本望《ほんもう》というものだ。」

「先生《せんせい》、けれどもこの仕事《しごと》はまだあんまり不確《ふたし》かです。一《いっ》ぺんうまく爆発《ばくはつ》しても間《ま》もなくガスが雨《あめ》にとられてしまうかもしれませんし、また何《なに》もかも思《おも》った通《とお》りいかないかもしれません。先生《せんせい》が今度《こんど》お出《い》でになってしまっては、あと何《なん》とも工夫《くふう》がつかなくなると存《ぞん》じます。」

老技師《ろうぎし》はだまって首《くび》を垂《た》れてしまいました。

それから三日《みっか》の後《のち》、火山局《かざんきょく》の船《ふね》が、カルボナード島《とう》へ急《いそ》いで行《い》きました。そこへいくつものやぐらは建《た》ち、電線《でんせん》は連結《れんけつ》されました。

すっかり仕度《したく》ができると、ブドリはみんなを船《ふね》で帰《かえ》してしまって、じぶんは一人島《ひとりしま》に残《のこ》りました。

そしてその次《つぎ》の日《ひ》、イーハトーブの人《ひと》たちは、青《あお》ぞらが緑《みどり》いろに濁《にご》り、日《ひ》や月《つき》が銅《あかがね》いろになったのを見《み》ました。けれどもそれから三四日《さんよっか》たちますと、気候《きこう》はぐんぐん暖《あたたか》くなってきて、その秋《あき》はほぼ普通《ふつう》の作柄《さくがら》になりました。そしてちょうど、このお話《はなし》のはじまりのようになるはずの、たくさんのブドリのお父《とう》さんやお母《かあ》さんは、たくさんのブドリやネリといっしょに、その冬《ふゆ》を暖《あたたか》いたべものと、明《あか》るい薪《たきぎ》で楽《たの》しく暮《くら》すことができたのでした。

ブラッキーの話《はなし》

［作］梨木香歩《なしきかほ》 ［絵］副島《そえじま》あすか

学校《がっこう》で、怪談《かいだん》がはやっている。

夏《なつ》だからということもあるだろうけれど、ぞくぞくっとする怪談話《かいだんばなし》は、今《いま》いる現実《げんじつ》の世界《せかい》とはちがう場所《ばしょ》に入《はい》っていくような感覚《かんかく》を与《あた》えてくれる。あまり流行《りゅうこう》には乗《の》らないまいも、だれかが、おじいさんから聞《き》いた「昔《むかし》、横町《よこちょう》に立《た》っていた幽霊《ゆうれい》の話《はなし》」や、「だれも近寄《ちかよ》らない近所《きんじょ》のお化《ば》け屋敷《やしき》の話《はなし》」とかを話《はな》しているときには、思《おも》わず耳《みみ》をそばだててしまう。気《き》のせいか、最近《さいきん》、テレビも怪談特集《かいだんとくしゅう》ばかりのような気《き》がする。放送日《ほうそうび》がわかっているときは、必《かなら》ず見《み》ることにしている。

だから、テレビでもそういう番組《ばんぐみ》がなかったある晩《ばん》、ママと二人《ふたり》きりの夕食《ゆうしょく》が終《お》わったあと、まいはつい、ママに、

「ねえ、ママ。なにかぞくぞくっとするような話《はなし》、知《し》らない？」

ときいたのだった。

「ぞくぞくっとするような話《はなし》ねえ」

ママは紅茶《こうちゃ》をいれながら、しばらく考《かんが》えていた。それからポットを持《も》って、テーブルに運《はこ》びながらいった。

「こわいかどうかはわかんないけど、ほら、ママ、よく帰《かえ》りがおそくなることあるでしょ」

「うん」

まいも、ティーカップとマグを運《はこ》びながら返事《へんじ》をした。パパは単身赴任《たんしんふにん》で、今《いま》は家《いえ》にいないけれど、二人《ふたり》は共働《ともばたら》きだ。

「駅《えき》の大通《おおどお》りを曲《ま》がったところから、すごく暗《くら》い坂道《さかみち》になるじゃない」

「うん、なるなる」

怪談《かいだん》っぽい予感《よかん》がして、まいはいすにすわるとすぐ、身《み》を乗《の》り出《だ》した。

「いやだなあ、心細《こころぼそ》いなあ、と思《おも》うとき、必《かなら》ず黒《くろ》い影《かげ》のようなものが現《あらわ》れるのよ」

ママの声《こえ》が低《ひく》くなり、まいはすっかり引《ひ》きこまれた。

「それで？」

「それでおしまい」

終《お》わり、ということを強調《きょうちょう》するためか、ママは、口《くち》をきっと結《むす》んだ。

「そんなあ。その影《かげ》、どこから出《で》てくるの？」

「わかんないわよ、そんなこと。でも、別《べつ》に悪《わる》さするわけでもないし」

「でも、気味悪《きみわる》いでしょ」

ママは、首《くび》を縦《たて》にも横《よこ》にもふらず、

「うーん……。それがそうじゃないんだな。ブラッキーのこと、思《おも》い出《だ》して」

といった。

ブラッキーというのは、まいの祖母《そぼ》の家《いえ》、人里《ひとざと》はなれた山《やま》の中《なか》の、ママの実家《じっか》で飼《か》っていた犬《いぬ》のことだ。まいが小《ちい》さいころに死《し》んだ。まいもときどき話《はなし》を聞《き》いたことがあるけれど、くわしくは知《し》らない。死《し》んだ時《とき》のこと以外《いがい》は。

「ブラッキーって、ママがいくつぐらいのころから飼《か》っていたの？　おばあちゃんのところにずいぶん昔《むかし》の写真《しゃしん》があったよね、おじいちゃんと一緒《いっしょ》に写《うつ》っている」

そのおじいちゃんも、ブラッキーが死《し》ぬ前《まえ》になくなっていた。ママは、紅茶《こうちゃ》をつぎながらゆっくりと、

「ブラッキーはね、ちょうど、ママがまいぐらいの歳《とし》のころに、おじいちゃんの友達《ともだち》

の家《いえ》で生《う》まれたの。それを、おじいちゃんがもらってきたの。前《まえ》に育《そだ》てていた犬《いぬ》がなくなったあとだったから、ママは、最初《さいしょ》はあんまりかわいがる気《き》がしなかった。なんだか、前《まえ》の犬《いぬ》を裏切《うらぎ》るような気《き》がして。そこでブラッキーをかわいがったら、前《まえ》の犬《いぬ》、チェリーの思《おも》い出《で》が消《き》えていくような気《き》がして。でも、そうじゃないよって、おじいちゃんがいったの」

と話《はな》し、それからひと口紅茶《くちこうちゃ》を飲《の》むと、思《おも》い出《で》を頭《あたま》の中《なか》から引《ひ》き出《だ》すように、また話《はな》し始《はじ》めた。

「おじいちゃんのいうとおりだった。ブラッキーが何《なに》かするたびに、ああ、チェリーとちがうとか、チェリーもこうしてたとか、チェリーのことを生《い》き生《い》きと思《おも》い出《だ》せるようになった。チェリーに注《そそ》いでいた愛情《あいじょう》が、消《き》えてしまうんじゃないの。そういうものって、どんどん増《ふ》えていくものだったのよ。おじいちゃんは、そのことをいっていたのね」

まいは、この話《はなし》にひきつけられた。

「親友《しんゆう》だと思《おも》っている子以外《こいがい》の子《こ》と仲《なか》よくなっても、その子《こ》への友情《ゆうじょう》がなくなったわけじゃないもんね」

「そうそう。友情《ゆうじょう》だって、どんどん増《ふ》えていくものよ。友達《ともだち》それぞれのちがいがわかるにつれて、その子《こ》の持《も》ち味《あじ》もよくわかるようになるし」

そうだよね、とまいは、いつもより深《ふか》くうなずいた。ママは、あれ、学校《がっこう》で何《なに》かあったのかな、というような顔《かお》をしたが、すぐにもとの話題《わだい》にもどった。ママは、学校《がっこう》のことに、あまり深入《ふかい》りしたがらないからね、とまいは心《こころ》の中《なか》で思《おも》った。

「そのブラッキーは、ブラック・ラブラドールと日本犬《にほんけん》の雑種《ざっしゅ》で、見《み》かけはブラック・ラブラドールに近《ちか》かったけれど、もっと、何《なに》か、落《お》ち着《つ》きみたいなものがあった。いつも、おじいちゃんの散歩《さんぽ》にくっついていって。近所《きんじょ》の、といっても山《やま》一つこえたところだけど、そこの犬《いぬ》が、ある時《とき》リードを付《つ》けたまま脱走《だっそう》して、途中《とちゅう》でそれが木《き》の根《ね》っこか何《なに》かにからまっちゃって、死《し》んでたところを発見《はっけん》されたことがあったの。それを聞《き》いてから、おじいちゃんはブラッキーにリードを付《つ》けることをやめたの。この犬《いぬ》にはリードは必要《ひつよう》ないよ、って。それからブラッキーは、どこへ行《い》くにも自由《じゆう》だった。今《いま》では、そんなこと許《ゆる》されないけどね。飼《か》い犬《いぬ》を野放《のばな》し、なんて。でも、わたしから見《み》ても、ブラッキーは分別《ふんべつ》のある犬《いぬ》だった」

「わたしのおもり、してくれたんでしょ」

まいは、幾度《いくど》となく聞《き》かされた話《はなし》を思《おも》い出《だ》した。ママは、そうそう、と今《いま》まで何度《なんど》もくり返《かえ》した話《はなし》を、うれしそうにまた語《かた》り始《はじ》めた。

「よちよち歩《ある》きのまいの横《よこ》を、つかずはなれず歩《ある》いていた。ある時《とき》、まいがいないって、うちじゅう大《おお》さわぎになっているところへ、突然《とつぜん》、知《し》らない人《ひと》が訪《たず》ねてきて、表《おもて》の道路《どうろ》を小《ちい》さな女《おんな》の子《こ》が歩《ある》いていたので、山《やま》の中《なか》だし、気《き》になって声《こえ》をかけようとしたら、そばについていた犬《いぬ》からうなられた。もしかしたら、お宅《たく》のじょうちゃんですかって」

ママはおかしそうに、クックッと笑《わら》った。

「あわてて表《おもて》の道路《どうろ》に出《で》たら、確《たし》かに、ずっと先《さき》に小《ちい》さな子《こ》と犬《いぬ》がいる。ブラッキーが車《くるま》の通《とお》る側《がわ》を歩《ある》いて、まいを護衛《ごえい》していたのよ。

まいの歩調《ほちょう》に合《あ》わせて歩《ある》きながら
「それ、前《まえ》も聞《き》いたけどさ、だったら、ブラッキーは、わたしが『脱走《だっそう》』しないようにすることもできたんじゃない」

まいは、その「小《ちい》さな女《おんな》の子《こ》」が、まるで自分《じぶん》と関係《かんけい》のない子《こ》のようにいった。

「だって、あなた、そのころ歩《ある》くことが得意《とくい》で得意《とくい》で、どこまでも歩《ある》いてみたがったのよ。町《まち》の家《いえ》では、事故《じこ》があったらいけないから、ママが家事《かじ》をしているときは、サークルの中《なか》に入《い》れていたけれど」

それって、ブラッキーよりも人間《にんげん》あつかいされてないみたい、とまいは思《おも》った。まあ、いいや、わたしの知《し》らないころの話《はなし》だもん、知《し》らない小《ちい》さな子《こ》の話《はなし》として聞《き》こう。

「おばあちゃんのところでは、どこでもはだしで歩《ある》いていたっけ。ほら、台所《だいどころ》は土足《どそく》オーケーでしょ、そこへはだしで降《お》りていって、そのまま畑《はたけ》まで行《い》くので、ママ、最《さい》初《しょ》、キャーキャーいってた。わたし、部屋《へや》で仕事《しごと》してるからまいを見《み》ててね、って何《なん》度《ど》おばあちゃんにいっても、はいはい、っていうばかりで、全然《ぜんぜん》気《き》をつけてくれないんだから。畑《はたけ》なんて、ばいきんだらけなのに」

それはたぶん、おばあちゃんの作戦《さくせん》勝《が》ちだ、とまいはひそかに思《おも》った。おばあちゃんは、いろんな菌《きん》がいるのは豊《ゆた》かってことだ、っていっていた。はだしで歩《ある》くと、大地《だいち》とつながっている感《かん》じがしますね、といったこともあった。

「あなたが見《み》つかったとき、ママ、大声《おおごえ》でしかろうとしたの。そしたら、おばあちゃんが、まいは、知《し》らない景色《けしき》の中《なか》を自分《じぶん》の足《あし》で歩《ある》いて見《み》てみたかったんだ、しかっちゃいけないっていった。ブラッキーは、そういうことがわかる犬《いぬ》だから、いざ危《あぶ》なくなったら、自分《じぶん》がなんとかするつもりだったんだろうって。そりゃ、買《か》いかぶりすぎじゃないかって思《おも》ったけど、でも、ブラッキーは、確《たし》かにそういう犬《いぬ》だったのよ」

ママは苦笑《くしょう》して、肩《かた》をすくめた。ここのところは、初《はじ》めて聞《き》く話《はなし》だ。まいは、ようやくその子《こ》が、自分《じぶん》と関係《かんけい》があるように思《おも》えてきた。

「ブラッキーは、そういう犬《いぬ》だった。まいと同《おな》じように、わたしもお世話《せわ》になったのよ。おばあちゃんの家《いえ》からは、バス停《てい》まで歩《ある》くと三十分《ぷん》はかかるでしょ。学校《がっこう》へ通《かよ》っていたころ、部活《ぶかつ》とかでおそくなると、いつもブラッキーがバス停《てい》までむかえに来《き》てくれていたの」

「うっそお」

犬《いぬ》がそんなことするなんて聞《き》いたことない、とまいは思《おも》った。

「本当《ほんとう》よ。朝《あさ》は出勤《しゅっきん》するおじいちゃんと一緒《いっしょ》に家《いえ》を出《で》たけど、帰《かえ》りはまちまちでしょ。最初《さいしょ》は、おばあちゃんと一緒《いっしょ》にむかえに来《き》てたんだけど、ある時《とき》、おばあちゃんが、ブラッキー、時間《じかん》だからあの子《こ》をバス停《てい》までむかえにいって、ってたのんだら、すたすたバス停《てい》に向《む》かって歩《ある》きだした、っていうのよ。それだけじゃなくて、何《なに》か取《と》ってくるとか、にわとりを小屋《こや》に入《い》れるとか、おばあちゃんのたのむことは、たいていやってたみたい」

「ママのいうことは?」

「それがさ」

ママは、少《すこ》しくやしそうにいった。

「わたしについてはなにか、自分《じぶん》のほうが立場《たちば》が上《うえ》の、保護者《ほごしゃ》のように思《おも》っていたみたいで、あんまりいうことはきいてくれなかった。おばあちゃんに、何《なに》かコツがあるの、ってきいても、にやりと笑《わら》って、ただ心《こころ》をこめてたのむのよ、としか教《おし》えてくれなかった」

その、にやりと笑《わら》って、というところが、いかにもあのおばあちゃんらしいので、まいは、思《おも》わず笑《わら》ってしまった。

「ともかく」

ママは、わざとコホンとせきばらいをした。

「見《み》かけも黒《くろ》くて、おそろしそうで、おまけに大《おお》きな犬《いぬ》じゃない。一緒《いっしょ》の帰《かえ》り道《みち》、たまに知《し》らない男《おとこ》の人《ひと》たちと通《とお》り過《す》ぎても、明《あき》らかに向《む》こうがブラッキーをこわがって、さけているのがわかったわ。ある時《とき》、どういうわけか、道《みち》のはしにドラム缶《かん》が落《お》ちていたの。その少《すこ》し前《まえ》に、大《おお》きなトラックとすれちがったから、ああ、あれが落《お》としていったんだなって思《おも》ったけど、なんとブラッキーは、わたしとドラム缶《かん》の間《あいだ》に立《た》って、ものすごい声《こえ》でそのドラム缶《かん》にほえ始《はじ》めたのよ。頭《あたま》を低《ひく》く落《お》として、すごいけんまくで、ほえたりうなり声《ごえ》を出《だ》したりして、戦闘態勢《せんとうたいせい》に入《はい》ってた。そんなブラッキーを見《み》たのは初《はじ》めてで、びっくりしたけど、ああ、そうか、ブラッキーは今《いま》まで、ドラム缶《かん》なんて見《み》たことなくて、来《く》る道《みち》ではいなかった化《ば》け物《もの》が急《きゅう》に現《あらわ》れたんで、わたしを守《まも》ろうとしてるんだ、ってわかったの。熊《くま》かなんかみたいに思《おも》ったのね。かいだこともないにおいがしているし。なだめようとした時《とき》、しっぽが、すっかり足《あし》の間《あいだ》に入《はい》っているのに気《き》づいた。それを見《み》て、ものすごい恐怖《きょうふ》を感《かん》じてるんだってわかったの。けど、ブラッキーは、わたしを守《まも》ろうとした」

ドラム缶《かん》と熊《くま》をまちがうなんて、ちょっとおまぬけだけれど、ブラッキーはいいやつだ、とまいはじんとした。そんな犬《いぬ》を飼《か》っていたママが、うらやましくなった。

「次《つぎ》の日《ひ》からは、それが生《い》き物《もの》じゃないってわかったみたいで、ブラッキーが知《し》らん顔《かお》するので、ブラッキー、これは何《なに》？　昨日《きのう》、あんなにほえてたのに、ってからかったら、あら、わたし、そんな物《もの》にほえました？　ってすました顔《かお》をして通《とお》り過《す》ぎてたわ。バツが悪《わる》かったのよ、あれは」

ママは、思《おも》い出《だ》し笑《わら》いをしながらいった。まいも笑《わら》った。

「でも、ママのいうことをきくときもあったのよ。ママが、ブラッキーの食事係《しょくじがかり》だっ

たの。だから、『待《ま》て』と『よし』だけはよくきいたわね。食事《しょくじ》のときだけじゃなくて、動作《どうさ》を止《と》めるとき、『待《ま》て』。それを解除《かいじょ》するとき、『よし』」
ママは小《ちい》さな声《こえ》で、「待《ま》て」とつぶやいた。昔《むかし》を思《おも》い出《だ》しているのかもしれない。

「でも、ブラッキーがいちばん好《す》きだったのは、やっぱりおじいちゃんだった。おじいちゃんがなくなってから、ブラッキーはめっきり元気《げんき》がなくなって、食事《しょくじ》さえほとんどとらなくなったらしいの。おばあちゃんからその話《はなし》を聞《き》いて、どこか悪《わる》いのかもしれない、こっちに連《つ》れてきて、大学《だいがく》の動物《どうぶつ》医療《いりょう》センターで調《しら》べてもらう、ってわたしがいい張《は》ったの。これ以上《いじょう》、ブラッキーまでいなくなったら、って考《かん》えて……」

そこで、ママはちょっと絶句《ぜっく》した。ブラッキーがしばらく町《まち》に来《き》ていたときのことは、まいもおぼろげに覚《おぼ》えている。

「今《いま》から思《おも》えば、ブラッキーには本当《ほんとう》に悪《わる》いことをした。おばあちゃんは反対《はんたい》していたんだけど、わたしが、ブラッキーにまで死《し》なれたら、わたしはつらいっていったら、折《お》れた。わたしがおばあちゃんのことを心配《しんぱい》してたのが、わかったんだと思《おも》う。だって、おばあちゃんは、まるっきり一人《ひとり》になっちゃうからね」

おばあちゃんは、一人《ひとり》になったからってこたえるような人《ひと》には思《おも》えなかったが、ブラッキーがどんなふうに死《し》んだか、まいは知《し》っている。センターで苦《くる》しい検査《けんさ》づけにあったあげく、見《み》つかった腫瘍《しゅよう》を取《と》るために、骨盤《こつばん》までけずる大手術《だいしゅじゅつ》になり、結局《けっきょく》、手術《しゅじゅつ》は失敗《しっぱい》した。何《なに》もしないでいたら、少《すく》なくとも、もう少《すこ》しは長《なが》く生《い》きただろう。

「ごめんね、ごめんね、おばあちゃんのそばで、家《いえ》で死《し》にたかったのにね」とブラッキーの横《よこ》で、ママは泣《な》いた。小《ちい》さいころから、ママが泣《な》くと、ブラッキーはいつもそばによって、なめたり鼻《はな》を寄《よ》せてきたりして、なぐさめてくれたのだそうだ。だからその時《とき》も、泣《な》いているママをなぐさめようとしたのか、一生懸命《いっしょうけんめい》しっぽをふろうとし、首《くび》をのばしてママの手《て》をなめようとしたが、もうその力《ちから》がなく、最後《さいご》はしっぽがパタンと落《お》ちて、ブラッキーは死《し》んだ。

まいは、いったい、これが自分《じぶん》で本当《ほんとう》に見《み》たことなのか、それとも、何度《なんど》も聞《き》いたので見《み》たつもりになっているのか、正直《しょうじき》なところわからない。その場《ば》にいたことは、事実《じじつ》らしいのだけれど。小《ちい》さいころから、この話《はなし》をするたびママが泣《な》くので、強烈《きょうれつ》な印象《いんしょう》をもっていたことだけは確《たし》かだ。

そういう死《し》に方《かた》だったから、ブラッキーがママにうらみをもっていると考《かんが》えられなくもなかったが、まいにはそうは思《おも》えなかった。

「もしかしたら、ブラッキーが化《ば》けて出《で》てるって、思《おも》ってるの？」

ママは、とんでもない、というふうに首《くび》をふった。

「ちがう、ちがう、その反対《はんたい》。ブラッキーは死《し》んでからもわたしのことが心配《しんぱい》で、大《だい》好《す》きなおじいちゃんのところに行《い》けないでいるのかもしれない、って、最近《さいきん》思《おも》うようになったの」

「ああ、ママのこと、駅《えき》までむかえに来《き》てるって」

「そうそう」

なんと、自分《じぶん》に都合《つごう》のいい考《かんが》え方《かた》、とまいは一瞬《いっしゅん》あっけにとられたが、でも、今《いま》の話《はなし》を聞《き》いていると、確《たし》かにブラッキーは、そういう犬《いぬ》のような気《き》がしてきた。ママは思《おも》い出《だ》したのか、また鼻《はな》をすすって泣《な》いた。その時《とき》、網戸《あみど》の向《む》こうの暗《くら》やみで、何《なに》か音《おと》がした。まいとママは思《おも》わず目《め》を見合《みあ》わせた。ザッ……ザッ……ザッ……ザッ……。

それは、動物《どうぶつ》が歩《ある》いている音《おと》のように聞《き》こえた。でもこの庭《にわ》にはさくがあって、外《そと》からは入《はい》れないはずだ。まいは全身《ぜんしん》が耳《みみ》になったように、その音《おと》に集中《しゅうちゅう》した。カーテンがゆれた。

「だからね、ブラッキー」

ママは立《た》ち上《あ》がり、窓《まど》の方《ほう》へ向《む》いていった。

「わたしはもうだいじょうぶ。もう、おまえの好《す》きなところへおゆき」

それから、

「よしっ」

と、大声《おおごえ》でいった。

その時《とき》、またカーテンがゆれて、黒《くろ》っぽい影《かげ》が動《うご》いたように思《おも》った。まいは息《いき》をのんだ。けれどもう、音《おと》は何《なに》も聞《き》こえず、外《そと》は静《しず》かになった。こちらを向《む》いたママは、口《くち》をへの字《じ》に結《むす》んでいた。ブラッキーに心配《しんぱい》かけないように、なみだをこらえているんだ、とまいは思《おも》った。

友達《ともだち》との間《あいだ》で話題《わだい》になるような「怪談《かいだん》」ではなかったけれど、それに近《ちか》いような、ぞくぞくっとする何《なに》かを、そのときまいは感《かん》じた。

それから数日《すうじつ》して、もう黒《くろ》い影《かげ》は出《で》なくなった、とママは少《すこ》しさびしそうにいった。

おばあちゃんに電話《でんわ》で話《はな》すと、ブラッキーは愛情深《あいじょうぶか》い犬《いぬ》ですから、といったけれど、パパに話《はな》しても、そんなこと、ママの気《き》のせいだよ、ママはブラッキーのことで罪悪感《ざいあくかん》をもっているから、とまるで本気《ほんき》にしない。何人《なんにん》かの人《ひと》が一緒《いっしょ》に見《み》て、みんながそれを事実《じじつ》としてみとめたのなら別《べつ》だけど、と。

パパのほうが、「冷静《れいせい》な大人《おとな》の受《う》けとめ方《かた》」なんだろうけれど。

今《いま》でも、あの時《とき》の「ぞくぞく」を思《おも》い出《だ》すことがある。あれはやっぱり、恐怖《きょうふ》の「ぞくぞく」ではなかった、とまいは思《おも》う。何《なに》かを「この世《よ》のものではない」と感《かん》じるところは同《おな》じだけれど、でも、それは恐怖《きょうふ》の「ぞくぞく」よりもっと、おごそかなもののように思《おも》われた。

パパのいう「事実《じじつ》」と、人《ひと》の心《こころ》のなかで動《うご》く「物語《ものがたり》」は全然別《ぜんぜんべつ》のものなんだってことにも、まいは気《き》がつき始《はじ》めた。二つを混同《こんどう》してはいけないけれど、どちらが自分《じぶん》にとっての「真実《しんじつ》」かは、きっとそのときどき、ひそかに自分《じぶん》で決《き》めてもいいことなんだろう。

ヒロシマの歌《うた》

［作］今西祐行《いまにしすけゆき》　［絵］佐治《さじ》みづき

わたしはそのとき、水兵《すいへい》だったのです。広島《ひろしま》から三十キロばかりはなれた呉《くれ》の山《やま》のなかで、陸戦隊《りくせんたい》の訓練《くんれん》をうけていたのです。そしてアメリカの飛行機《ひこうき》が原爆《げんばく》をおとした日《ひ》の夜《よる》、七日《なのか》の午前《ごぜん》三時《じ》ごろ、広島《ひろしま》の町《まち》へ行《い》ったのです。

町《まち》の空《そら》は、まだ燃《も》えつづけるけむりで、ぼうっと赤《あか》くけむっていました。ちろちろと火《ひ》の燃《も》えている道《みち》をとおり、広島駅《ひろしまえき》のうらにある東練兵場《ひがしれんぺいじょう》へ行《い》きました。

ああ、そのときのおそろしかったこと。ひろい練兵場《れんぺいじょう》の全体《ぜんたい》が、黒《くろ》ぐろと、死人《しにん》と、動《うご》けない人《ひと》のうめき声《ごえ》で、うずまっていたのです。

やがて東《ひがし》の空《そら》がうすあかるくなって、夜《よる》があけました。わたしたちは、地獄《じごく》のまんなかに立《た》っていました。

ほんとうに、足《あし》のふみ場《ば》もないほど人《ひと》がいたのです。暗《くら》いうちは見《み》えませんでしたが、それがみなおばけ。目《め》も耳《みみ》もないのっぺらぼう。ぼろぼろの兵隊服《へいたいふく》から、ぱんぱんにふくれた素足《すあし》をだして死《し》んでいる兵隊《へいたい》たち。べろりと皮《かわ》をはがれて、首《くび》だけおこして、きょとんとわたしたちをながめている軍馬《ぐんば》。だれもはなしている者《もの》はありませんでした。ただ、うなっているか、わめいているばかりです。そして、まだまだ、町《まち》のほうから、ぞろりぞろりと、おなじような人《ひと》たちが、練兵場《れんぺいじょう》に流《なが》れてくるのです。

練兵場《れんぺいじょう》のなかほどに、演習用《えんしゅうよう》に、ながながと*クリークがほってありました。そこには、赤《あか》くにごった水《みず》がたまっていました。

焼《や》けただれた人《ひと》びとは、いつのまにかその水《みず》をもとめてはいより、まるではげしい毒薬《どくやく》をのんだように、水《みず》を口《くち》にすると、あさい水《みず》

*人工的《じんこうてき》に作《つく》られた水路《すいろ》。

たまりに頭《あたま》をつっこんで動《うご》かなくなっていくのです。

「水《みず》をのましちゃいかんぞ。やけどしているやつに水《みず》をのませると死《し》ぬんだから。」

軍医《ぐんい》がわたしたちに注意《ちゅうい》しました。だが、わたしたちが注意《ちゅうい》してみても、もう注意《ちゅうい》などきける人《ひと》びとではありません。わたしたちはとめませんでした。水《みず》をのまなくても、まもなく死《し》んでいくのですから。

わたしたちは、練兵場《れんぺいじょう》のまんなかに、死体《したい》をよけて、テントを張《は》り、救護所《きゅうごじょ》をつくりました。

軍医《ぐんい》が、ごろごろころがっている人《ひと》びとの目《め》を、一人一人《ひとりひとり》、まるでさかなをよりわけるようにしらべていきます。わたしたちは、そのなかで生《い》きている人《ひと》だけを、テントにはこぶのです。

テントは、すぐにいっぱいになりました。木《こ》かげや、しまいにはなにもないぎらぎら太陽《たいよう》の照《て》りつける草原《そうげん》にも、赤十字《せきじゅうじ》の小《ち》さな旗《はた》をたてて、生《い》きている人《ひと》をただあつめるだけでした。

一日《にち》めは、死体《したい》をはこんでいるうちにくれました。夜《よる》になると、まだ燃《も》えのこっている火《ひ》で町《まち》の空《そら》は赤《あか》く、その赤《あか》い空《そら》の色《いろ》が、クリークの水《みず》にうつって、まるで血《ち》の川《かわ》の色《いろ》をしていました。ずるりと焼《や》けただれた人《ひと》のはだににじんだリンパ液《えき》も、不気味《ぶきみ》にひかってうごめいているのです。

わたしたちは、練兵場《れんぺいじょう》のはずれにある林《はやし》のなかにテントを張《は》って、交代《こうたい》にねることになりました。

その夜《よる》、ふとわたしは赤《あか》んぼうの声《こえ》をききました。はじめはゆめを見《み》ているのだと思《おも》ったのです。でも、すこしねむると、また赤《あか》んぼうの声《こえ》で目《め》をさますのです。とうとう、わたしはおきだして、懐中電灯《かいちゅうでんとう》で、声《こえ》のするほうをさがしはじめました。でも、見《み》あたりませんでした。

そのうちに、交代《こうたい》の時間《じかん》がきました。わたしたちは、テントをでて、それから四時間《じかん》、くずれた建物《たてもの》や土《つち》にうずまった広島駅《ひろしまえき》の復旧作業《ふっきゅうさぎょう》に行《い》きました。そして、夜明《よあ》けのテントにかえってきました。そのとき、わたしは、自分《じぶん》たちのテントのすぐうしろで、立《た》ちすくみました。ここだったのです。

一人《ひとり》の赤《あか》ちゃんが、女《おんな》の人《ひと》にだかれていました。はじめ、わたしは女《おんな》の人《ひと》はねむっているのだと思《おも》いました。赤《あか》ちゃんはおかあさんの胸《むね》にうつぶせて、顔《かお》をくっつけていました。すると、そのとき、

「ミーちゃん、ミーちゃん。あんた、ミ子《こ》ちゃんよねえ。」

と、とつぜん女《おんな》の人《ひと》が声《こえ》をだして、赤《あか》ちゃんの顔《かお》や頭《あたま》をなでるのです。よく見《み》ると、おかあさんは、目《め》が見《み》えないらしいのです。

このおかあさんは、ミーちゃんとよぶこの赤《あか》ちゃんと、はなれたところにいるときに、あのおそろしいことがおこったにちがいありません。目《め》がよく見《み》えないままに、おしつぶされた家《いえ》のなかから、それとも、だれかほかの人《ひと》にたすけだされていたミーちゃんをさがしだして、やっとここまでにげてきたのでしょう。だが、よく赤《あか》ちゃんの顔《かお》が見《み》えなくて、心配《しんぱい》で、おそろしいのです。

「ミーちゃん、ミーちゃん。」

と、よぶのをやめたかと思《おも》うと、おかあさんは、こんこんとねむりこんでしまいました。と、赤《あか》んぼうがなきはじめました。と、また、おかあさんがよぶ。おかあさんは、だんだん気《き》が遠《とお》くなっていくようでした。背《せ》なかから後頭部《こうとうぶ》にかけて、ずるりと皮《かわ》がおちているのでした。

「しっかりするんだ。おかあさん、しっかりしなきゃ……。」

わたしは思《おも》わず、そんなことをさけびました。でも、おかあさんは、わたしに答《こた》え

るようすはありません。しばらくすると、また、

「ミーちゃん、ミーちゃんよねえ。」

と、くりかえすばかりです。わたしは、このままにして、立《た》ちされなくなりました。といって、どうすればいいのか、さっぱりわかりません。

「しっかり、しっかり……。」

ただそんなことばかり、心《こころ》のなかでさけんでいました。

軍医《ぐんい》のいるところへつれて行《い》ったらいいものかどうか、そんなことにまよいながら、いったんテントにかえりました。すると、それまでより大《おお》きな赤《あか》ちゃんのなき声《ごえ》がしました。しかも、いつまでたっても、なきつづけるのです。

行《い》ってみると、おかあさんは、もう死《し》んでいました。赤《あか》ちゃんのくわえていたおっぱいが、

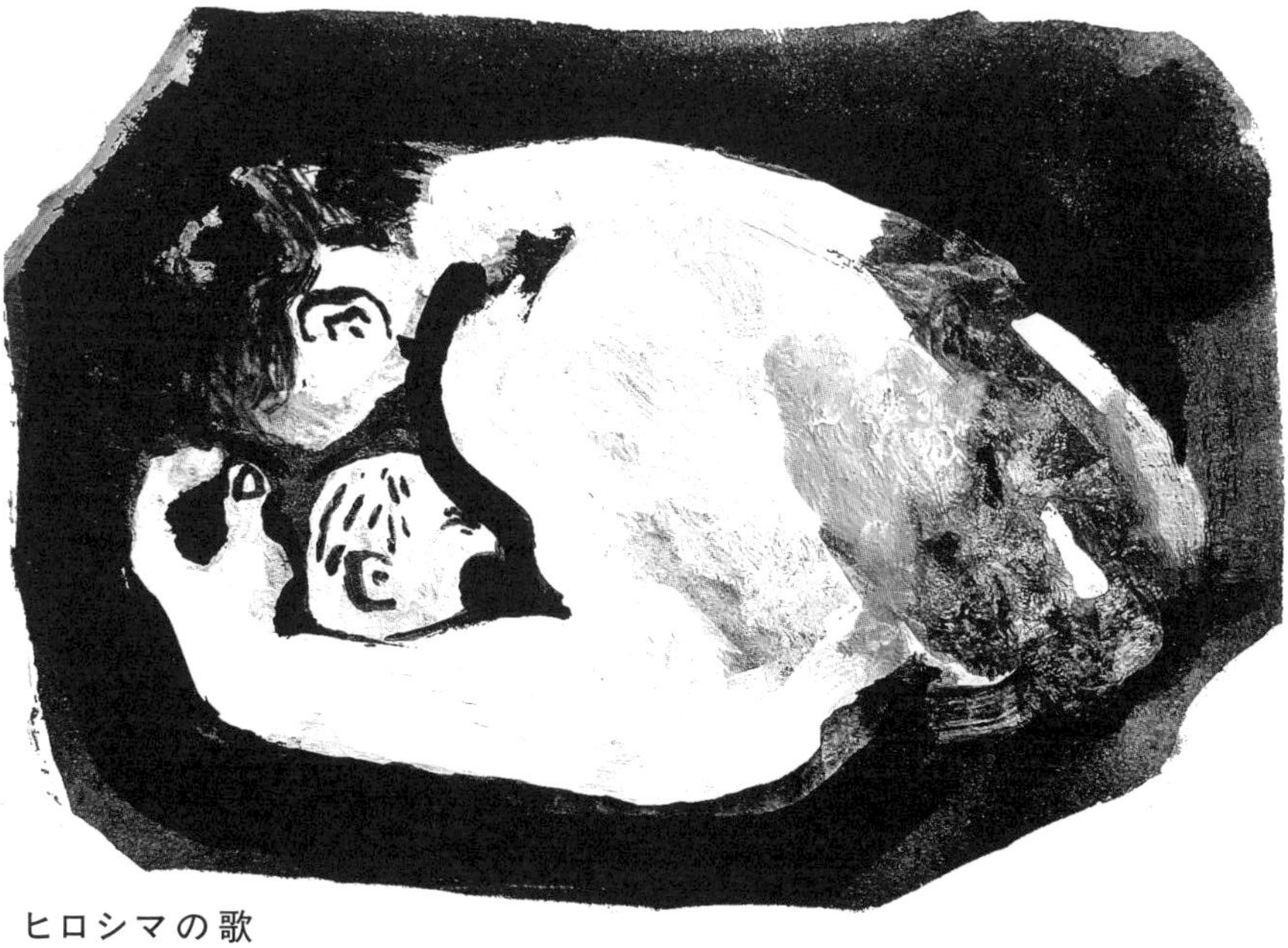

かたくなってしまったのです。おかあさんは、赤《あか》ちゃんをしっかりだいたまま、動《うご》きませんでした。

わたしは、赤《あか》ちゃんをだきとりました。そのときの、かたくだきしめたつめたいおかあさんの手《て》の力《ちから》、わたしはいまもまざまざと思《おも》いだすことができます。わたしはなんども、おかあさんから赤《あか》ちゃんをうばいとるような気《き》がして、気《き》がとがめ、考《かんが》えこみました。その手《て》は、生《い》きているとしか思《おも》えませんでした。

「だいじょうぶですよ。おかあさん、わたしがあずかります。」

わたしは兵隊《へいたい》でしたし、あずかりきれるわけはありません。それでも、そうおかあさんにいわないと、赤《あか》ちゃんをもぎとることができませんでした。

わたしはその赤《あか》ちゃんをだいて、駅《えき》のほうへ走《はし》りました。とちゅうで、名《な》まえのことを思《おも》いだしました。ひきかえして、おかあさんの胸《むね》から、ぬいつけてあった布《ぬの》の名《な》まえをちぎりとりました。

しかし、どこへ行《い》っても赤《あか》ちゃんをわたせそうな人《ひと》など歩《ある》いていません。みんな、傷《きず》ついた自分《じぶん》のからだをどうすればいいのかまよっているのです。とても人《ひと》のことなど頭《あたま》にうかばないし、見《み》えないといったようすです。

駅《えき》の近《ちか》くまで行《い》ったとき、やっとリヤカーに荷物《にもつ》をつんでにげていく二人《ふたり》の人《ひと》にあいました。

「もしもし、この赤《あか》ちゃんをのせていってくれませんか。母親《ははおや》が死《し》んでるんです。けがはなさそうですがね、この子《こ》には……。」

わたしはそういって、ポケットに昨夜《さくや》の夜食《やしょく》の乾《かん》パンがあるのを思《おも》いだして、いっしょにだしました。

しばらく、二人《ふたり》ははっとしたように顔《かお》を見《み》あわせていましたが、

「ええでしょう、車《くるま》にのせてつかえ。駅《えき》に救護所《きゅうごじょ》あるでしょうから。ごちそうさんです。」

「ねがいます。」

わたしはそういうと、せっかくとりにかえった名《な》ふだをわたすのもわすれて、大《おお》いそぎでかえりました。とちゅうで名《な》ふだのことをまた思《おも》いだしましたが、もう追《お》いかけるひまはありませんでした。

わたしは大《おお》いそぎでテントにかえったのですが、もう食事《しょくじ》がはじまっていました。

わたしは、どこへ行《い》っていたのかときかれて、兵長《へいちょう》にしかられ、ひどくぶたれました。

なぜか、わたしは赤《あか》ちゃんのことをはなしませんでした。いくら説明《せつめい》しても、それは、兵隊《へいたい》のわたしが、かってな行動《こうどう》をとっただけのことなのですから。戦争《せんそう》ということが、こんなかなしいものであることを、そのときはじめて知《し》りました。

それから長《なが》い年月《ねんげつ》がたちました。戦争《せんそう》がおわって、七年《ねん》めのある日《ひ》、わたしはラジオからきこえてくる言葉《ことば》に、はっとしました。それはたずね人《びと》の時間《じかん》でした。

「……さんが、広島《ひろしま》の練兵場《れんぺいじょう》で、一つか二つの赤《あか》ん坊《ぼう》を、リヤカーを引《ひ》いていく家族《かぞく》の人《ひと》にあずけた海軍《かいぐん》の兵士《へいし》のかたをさがしておられます。」

というのです。まさかと思《おも》いました。それに、はじめのほうをききもらしているので、たずねている人《ひと》の住所《じゅうしょ》もわかりません。

でもわたしは、もうすっかりわすれていたあの日《ひ》のことを、きゅうにまざまざと思《おも》いだしました。ミ子《こ》ちゃんとよばれていた赤《あか》んぼうのおかあさんの死《し》に顔《がお》は、はっきりと目《め》にうかびました。はじめ、なんだかあのおかあさんが、さがしているようなさっかくをおこしました。だが、そんなことがあるはずがありません。もしかすると、あのリヤカーを引《ひ》いていった人《ひと》だろうか。でもわたしは、あのときミ子《こ》ちゃんをたのんだ人《ひと》の顔《かお》は、どうしても思《おも》いだせませんでした。

それから三日間《みっかかん》、ラジオのたずね人《びと》の時間《じかん》を熱心《ねっしん》にききました。くりかえし放送《ほうそう》するかもしれないと思《おも》ったからです。しかし、二度《ど》ときくことができませんでした。

わたしはふと、あのとき、おかあさんの胸《むね》からもぎとった名《な》ふだを、あのころの手帳《てちょう》といっしょにだいじに持《も》ちつづけていたことを思《おも》いだしました。

長《なが》いあいだかかって、それをさがしだすと、わたしは放送局《ほうそうきょく》へ行《い》って、たずねている人《ひと》の住所《じゅうしょ》を教《おし》えてもらいました。たずねている人《ひと》の名《な》まえは女《おんな》の名《な》で、住所《じゅうしょ》は島根県《しまねけん》になっていました。

あるいは、まったくわたしには関係《かんけい》のないことかもしれないとも思《おも》いましたが、とにかく、あのときのようすを書《か》いて、もしやわたしのことではないでしょうかと手紙《てがみ》をだしました。すると、すぐに返事《へんじ》がきました。それには意外《いがい》なことが書《か》いてありました。

——こんなに早《はや》く、あなた様《さま》からご返事《へんじ》いただけるとはゆめにも考《かんが》えていませんでした。はたして、あのときの兵隊《へいたい》さんが生《い》きていらっしゃるかどうか、また、たとえお元気《げんき》であっても、あのときのことなど、おぼえていて、返事《へんじ》をくださるかどうか、それほどあてにもしていなかったぐらいです。でも、どうしても、あのときの、赤《あか》んぼうをだいてかけていらっしゃった兵隊《へいたい》さんのことを思《おも》うと、だまっていられなくて、放送局《ほうそうきょく》にお願《ねが》いしたのでした。

あのとき、わたしたちは、それほど気《き》にもしないで、まるで荷物《にもつ》のように赤《あか》ちゃんをあずかりましたが、駅《えき》に行《い》っても、どこへ行《い》っても、赤《あか》んぼうはひきとってもらえませんでした。わたしたちは、遠《とお》い親類《しんるい》をたよって、廿日市《はつかいち》まで行《い》くところでした。その廿日市《はつかいち》へ行《い》っても、だれも相手《あいて》にしてくれる人《ひと》はありませんでした。

そのうちに、

(この子《こ》はきっと、ヒロ子《こ》の生《う》まれかわりよね。)

そんなことを考《かんが》えるようになりました。と申《もう》しますのは、あのとき、わたしたちは目《め》のまえで自分《じぶん》たちの赤《あか》んぼうをなくしたところだったのです。それで、名《な》まえもおなじヒロ子《こ》にして、いままでそだててきました。

ところが、今年《ことし》の二月《がつ》、主人《しゅじん》がとつぜん、血《ち》をはいて死《し》んだのです。主人《しゅじん》は広《ひろ》の工《こう》廠《しょう》[*1]につとめていまして、あのピカドン[*2]の光《ひかり》にはぜんぜんあたっていないのです。工場《こうじょう》からかえってくると、家《いえ》もなにもかもなかったのです。それなのに、七年《ねん》もたっているというのに、原爆症《げんばくしょう》で白血病《はっけつびょう》だったのです。

主人《しゅじん》にきゅうに死《し》なれて、わたしたちはくらせなくなったのです。いま、主人《しゅじん》の里《さと》の、広島《ひろしま》と島根《しまね》の県境《けんざかい》のこの村《むら》にきているのですが、どうしてこの子《こ》をそだてていったものかまよったあげく、あの日《ひ》のことを思《おも》いだし、もしや、この子《こ》のほんとうの身《み》内《うち》のかたが見《み》つからないものかと、たずね人《びと》にだしたわけでございます……。

「ありがとうございました。ありがとうございました。ミ子《こ》ちゃんは元気《げんき》で助《たす》かったのですね。」

＊1　日本海軍《にほんかいぐん》の主《おも》に航空機《こうくうき》開発《かいはつ》を担《にな》った軍需工場《ぐんじゅこうじょう》のひとつ。
＊2　原子爆弾《げんしばくだん》のこと。

わたしは思《おも》わずひとり言《ごと》をいって、一人《ひとり》で手紙《てがみ》に頭《あたま》をさげました。

それにしても、遠《とお》くにはなれているわたしは、どうすればいいのかわかりませんでした。わたしはすぐにもとんでいって、ミ子《こ》ちゃんにあってみたいと思《おも》いました。でも、わたしも勤《つと》め人《にん》です。そう、勝手《かって》に休《やす》むわけにもいきません。

わたしはすぐ返事《へんじ》を書《か》きました。夏《なつ》までまってください。夏《なつ》になったら、きっと休《やす》みをもらって、広島《ひろしま》へ行《い》きます。広島《ひろしま》でおあいして、いろいろわたしにできることなら相談《そうだん》いたしましょう。そういう返事《へんじ》をだしました。

その年《とし》の夏《なつ》、ちょうどあの日《ひ》のように朝《あさ》からぎらぎらと暑《あつ》い日《ひ》、広島《ひろしま》の駅《えき》で、わたしたちはあいました。赤《あか》いズックぐつに、セーラー型《がた》のワンピースを着《き》ている一年生《ねんせい》というのが、目《め》じるしでした。わたしは、白《しろ》いワイシャツに*ハンチング、こん色《いろ》のズボンというのが目《め》じるしの約束《やくそく》でした。すぐにわかりました。

「橋本《はしもと》さんですね。」

「はい。あの……。」

「ぼく、稲毛《いなげ》です……。」

ふしぎな気《き》もちでした。あと、なにをはなしだしていいのかわかりませんでした。

広島《ひろしま》の町《まち》はすっかりかわっていました。ミ子《こ》ちゃんは、はずかしそうに、なにをいってもだまって、おかあさんのそでにかくれていました。

「ああ、この子《こ》はなにも知《し》らないのだな。幸《しあわ》せだな。」

わたしは最初《さいしょ》に、そう思《おも》いました。

その日《ひ》、はじめて、わたしはあの日《ひ》死《し》んでいったミ子《こ》ちゃんのおかあさんの話《はなし》をしました。とちゅうまでいっしょうけんめいにきいていたおかあさんは、きゅうにぽろぽろとなみだをながしだして、

「ええ、もう、今日《きょう》おあいするまでに、決心《けっしん》したのです。ヒロ子《こ》はやっぱりわたしの子《こ》です。だれがなんといったって、あげるものですか。」

＊ぼうしの一種《いっしゅ》。ふだん用《よう》によく着用《ちゃくよう》された。

ミ子《こ》ちゃんをだれかにあずけたいという相談《そうだん》をするためにきたはずのおかあさんは、そういって、なきじゃくるのです。

「そのおかあさんは、ほんとうにえらいおかあさんですわ。わたしははずかしい。目《め》の前《まえ》で、死《し》なせてしまったのですものね。そのかたにかわって、わたしは、こんどこそ、ほんとうにヒロ子《こ》のおかあさんになります。遠《とお》いところからきていただいて、すみませんでした。でも、こうしてお話《はなし》をうかがえたので、決心《けっしん》できたのです。」

わたしたちは、ミ子《こ》ちゃん――いいえ、ヒロ子《こ》ちゃんです、ヒロ子《こ》ちゃんのいないところで話《はな》しあいました。ヒロ子《こ》ちゃんは、ほんとうのおかあさんだと思《おも》っているのですから。

ヒロ子《こ》ちゃんとおかあさんは、その日《ひ》の夕方《ゆうがた》の汽車《きしゃ》で、また島根《しまね》のほうへかえりました。わたしたちは、ヒロ子《こ》ちゃんが中学《ちゅうがく》を卒業《そつぎょう》したときに、またあう約束《やくそく》をしました。そのときまで、なにもヒロ子《こ》ちゃんにはうちあけないことにしました。

わたしは、ちょっとさびしい気《き》がしました。半日《はんにち》しかあえなかったからむりもありませんが、ヒロ子《こ》ちゃんと、なにもお話《はなし》ができなかったからです。二人《ふたり》が汽車《きしゃ》にのってから、プラットホームに売《う》っていた、パイナップルの氷菓子《こおりがし》を一ふくろ買《か》って、ヒ

ロ子《こ》ちゃんにわたしました。そのとき、

「おおきに。」

と、いったきりでした。

そのときの、なにかヒロ子《こ》ちゃんの暗《くら》いかげが、いつまでもわたしは気《き》になりました。

すると、おっかけるように手紙《てがみ》がきて、これはまた悲《かな》しいことが書《か》いてありました。

いまいる島根《しまね》の家《いえ》は、死《し》んだ主人《しゅじん》の家《いえ》で、主人《しゅじん》の母《はは》、ヒロ子《こ》ちゃんの義理《ぎり》のおばあさんにあたる人《ひと》が、ヒロ子《こ》のことが気《き》にいらないのだというのです。死《し》んだほんとうの孫《まご》のことを思《おも》うにつけても、老人《ろうじん》の意地《いじ》のわるさで、なにかとヒロ子《こ》ちゃんにあたるのだというのです。そして、とうとうある日《ひ》、

「おまえはひろわれた子《こ》のくせに……。」

というようなことを、ヒロ子《こ》ちゃんにいって、おこったのだそうです。

「やはり、ほんとうのことを、もういったほうがいいのでしょうか……。」

おかあさんの手紙《てがみ》には、こう書《か》いてありました。

それはわたしにもわからないことでした。広島《ひろしま》ではじめてあったときの感《かん》じでは、はっきりしなくても、なにかヒロ子《こ》ちゃんも感《かん》じていることがあるようにも思《おも》われま

した。ヒロ子《こ》ちゃんをよそにやりたいというおかあさんの弱気《よわき》が、ヒロ子《こ》ちゃんにも敏感《びんかん》に感《かん》じとられていたのにちがいありません。わたしは、できれば、いなかの家《いえ》をでて、ヒロ子《こ》ちゃんと二人《ふたり》でくらすことができないものだろうかと思《おも》い、そのことを書《か》きおくりました。

すると、その年《とし》の暮《く》れ、ヒロ子《こ》ちゃん親子《おやこ》は、広島《ひろしま》にでて、小《ちい》さな洋裁学校《ようさいがっこう》に住《す》みこみではたらけるようになったという手紙《てがみ》がきました。わたしはほっとしました。それからも二度三度《にどさんど》手紙《てがみ》がきましたが、その手紙《てがみ》もだんだんみじかくなって、しまいにはこなくなりました。わたしもいつかヒロ子《こ》ちゃんのことを、わすれていくようでした。

ところが、今年《ことし》の春《はる》、何年《なんねん》ぶりかで手紙《てがみ》がきました。ヒロ子《こ》ちゃんが中学《ちゅうがく》を卒業《そつぎょう》したのでした。

そして、ぜひ一度《いちど》あって、ヒロ子《こ》のおかあさんの話《はなし》などしてやってほしいとありました。

そうして、今年《ことし》の夏《なつ》、わたしはまた広島《ひろしま》をたずねることになったのです。わたしは原爆《げんばく》の記念日《きねんび》をえらびました。ヒロ子《こ》ちゃんはもう十五でした。中学《ちゅうがく》を卒業《そつぎょう》して、おかあさんが小使《こづか》いさんをしているその洋裁学校《ようさいがっこう》で、洋裁《ようさい》の勉強《べんきょう》をしているのでした。もうすっかりむすめさんのように大《おお》きくなっていました。

わたしは記念日《きねんび》をえらんだことを、後悔《こうかい》していました。記念《きねん》のいろいろな行事《ぎょうじ》は、なにかわたしたちの思《おも》い出《で》とかけはなれたものにしか思《おも》えなかったからです。

その日《ひ》、わたしはいよいよヒロ子《こ》ちゃんに、死《し》んだおかあさんのことを話《はな》す約束《やくそく》をして、二人《ふたり》で一日《にち》、町《まち》を歩《ある》きまわったのです。でも、どこにも、そして、いつまでたっても、そのきっかけができないままに、つかれてしまいました。

夕方《ゆうがた》、わたしたちは一けんの食堂《しょくどう》にはいりました。その食堂《しょくどう》のうらは、川《かわ》に面《めん》していました。暑《あつ》いので、わたしたちはその川《かわ》を見《み》えるまどの近《ちか》くに席《せき》をとりました。

「ヒロ子《こ》ちゃん、もう洋服《ようふく》ぬえるのかい？」

「いいえ、いま、ワイシャツやってるんです。」

そんな話《はなし》をはじめながら、ふとわたしはまどの外《そと》を見《み》ました。なんだか、赤《あか》いものが、川《かわ》の上《うえ》からながれてくるのです。

「あっ、あれ。」

というと、

「*とうろう流《なが》しです。去年《きょねん》もやっていました。きれいですよ。」

ヒロ子《こ》ちゃんがおしえてくれました。去年《きょねん》、わたしも、広島《ひろしま》のとうろう流《なが》しのことを新聞《しんぶん》で読《よ》んで知《し》っていました。原爆犠牲者《げんばくぎせいしゃ》の戒名《かいみょう》を書《か》いたとうろうを、川《かわ》に流《なが》しているのです。

わたしは、

(そうだ、いまはなさなければならないのだ。)

と思《おも》いました。

わたしはやっと、ポケットに持《も》っていた布《ぬの》の名《な》ふだをとりだして、

「ヒロ子《こ》ちゃん、これなんだか知《し》ってる?」

と、ききました。

広島市横川町《ひろしましよこがわちょう》二ー三
長谷川清子《はせがわきよこ》　A型《エーがた》
と書《か》いた、うすよごれた小《ちい》さな名《な》ふだです。

「なんですか、それ。」

ふしぎそうに、ちょっと指《ゆび》さきでさわってみたりしました。わたしは、じっとまど

の外《そと》のとうろうを見《み》ながら、あの日《ひ》のヒロ子《こ》ちゃんのおかあさんの話《はなし》をしました。

ヒロ子《こ》ちゃんは、だまってきいているようすでした。ヒロ子《こ》ちゃんが、わっとなきだしたりしたらどうしようと、わたしは心配《しんぱい》でした。でも、ふと、ヒロ子《こ》ちゃんの顔《かお》を見《み》て、わたしはほっとしました。ヒロ子《こ》ちゃんは、その名《な》ふだを胸《むね》のところにおさえて、わたしのほうを見《み》ると、にっこりわらって、

「あたし、おかあさんに似《に》てますか？」

と、いうのです。

うれしいのやら、かわいそうなのやら、わたしのほうがすっかりなみだぐんでしまいました。

ヒロ子《こ》ちゃんは強《つよ》い子《こ》でした。どんなことにも負《ま》けていませんでした。

おかあさんが心配《しんぱい》するといけないからといって、わたしたちは、それからすぐ洋裁《ようさい》学校《がっこう》にかえりました。食堂《しょくどう》をでて、橋《はし》をわたろうとすると、とうろうを見《み》る人《ひと》たちでいっぱいでした。そこをとおりすぎて、ちょっと暗《くら》いところになりました。

「あってみたいな……。」

ポツンとヒロ子《こ》ちゃんがひとり言《ごと》のようにいいました。勝《か》ち気《き》なヒロ子《こ》ちゃんは、

＊盆《ぼん》のおわりの夜《よる》に、魂《たましい》を送《おく》るため、小《ちい》さいとうろうに火《ひ》をともして川《かわ》や海《うみ》に流《なが》す行事《ぎょうじ》。

そのとき、こっそりないていたのかもしれません。

その日《ひ》、わたしも洋裁学校《ようさいがっこう》の一部屋《へや》にとめてもらいました。わたしがおきると、ヒロ子《こ》ちゃんのおかあさんがでてきて、

「ゆうべ、あの子《こ》はねないんですよ。」

と、いうのです。

「やっぱり。」

と、わたしが心配《しんぱい》そうにいうと、

「いいえねえ、あなたにワイシャツつくってたんですよ。見《み》てやってください。」

そういって、うれしそうに、紙《かみ》につつんだワイシャツを、こっそり見《み》せるのです。

「ないしょですよ。見《み》せたなんていったら、しかられますからね。」

そっとひろげてみると、そのワイシャツのうでに、小《ちい》さな、きのこのような原子雲《げんしぐも》のかさと、その下《した》に、S《エス》・I《アイ》と、わたしのイニシアルが水色《みずいろ》の糸《いと》でししゅうしてあるのです。

「よかったですね。」

「ええ、おかげさまで、もうなにもかも安心《あんしん》ですもの……。」

おかあさんはそういって、わらいながらも、そっと目《め》をおさえるのでした。

わたしはその日《ひ》の夜《よる》、広島駅《ひろしまえき》で、汽車《きしゃ》がでるときに、まどからそれをうけとりました。わたしはそれを胸《むね》にかかえながら、いつまでも十五年《ねん》の年月《としつき》の流《なが》れを考《かんが》えつづけていました。

汽車《きしゃ》はするどい汽笛《きてき》を鳴《な》らして、のぼりにかかっていました。

青葉《あおば》の笛《ふえ》

〔文〕あまんきみこ　〔絵〕村上豊《むらかみゆたか》

夜《よ》あけまえの山道《やまみち》は、まだくらい。

そのほそい道《みち》を、黒《くろ》い風《かぜ》のようにかけおりていく、三頭《とう》の馬《うま》。

のっているのは、よろいかぶとに身《み》をかためた熊谷次郎直実《くまがいじろうなおざね》、つづくは息子《むすこ》の小次《こじ》郎直家《ろうなおいえ》、しんがりは旗《はた》さしの兵士《へいし》であった。


夜《よ》があければ、源平《げんぺい》のたたかいがはじまる。

三人《にん》は、源義経軍《みなもとのよしつねぐん》をひそかにぬけだして、この早春《そうしゅん》の山《やま》をくだっている。

平家《へいけ》をうらてから攻《せ》めるのではなく、正面《しょうめん》から討《う》つ土肥実平軍《といさねひらぐん》の、さらに前《まえ》にでて、一《いち》の谷《たに》の合戦《かっせん》で「一番《いちばん》のり」のてがらをたてようとしていたのだ。

——いそげ。

——いそげ。

——いそげ。

くらい山道《やまみち》は、わかばのにおいでいっぱいだ。

そのにおいをわけるようにして、三騎《き》はひたすらかけおりていく。

小次郎直家《こじろうなおいえ》は、十五歳《さい》になったばかり。

きょうが、はじめてのたたかいである。


家《いえ》をでるとき、熊谷《くまがい》は、あいての剣《けん》や矢《や》から身《み》をまもる方法《ほうほう》を、わが子《こ》に注意《ちゅうい》した。

そして、しめくくりにいった。

「よいか、小次郎《こじろう》。いくさ場《ば》では、討《う》つもだいじなれど、まもるもだいじなるぞ。討《う》つことに気《き》をとられては、かならずやすきができ、そのすきを討《う》たれる。ゆだんするな。討《う》たれてはならぬぞ」

「しょうちいたしました」

直家《なおいえ》は、ふかくうなずいた。

「初陣《ういじん》」のきんちょうで目《め》をかがやかせているが、それゆえに、いっそうおさなく見《み》える。背《せ》も、まだのびきっていない。

熊谷《くまがい》は、じぶんより三年《ねん》もはやく血《ち》なまぐさい戦場《せんじょう》に立《た》たねばならぬ小次郎《こじろう》を、ふといたましくおもった。

山道《やまみち》をくだりおりたところで、道《みち》が三本《ぼん》にわかれている。

馬《うま》のあしが、おそくなった。

そのとき、遠《とお》くから笛《ふえ》の音《ね》がきこえてきた。

澄《す》んだしらべが、闇《やみ》をぬって、きよらかなせせらぎのようにながれてくる。

「父上《ちちうえ》。ふいているのは……」

うしろから、小次郎《こじろう》がとまどった声《こえ》でいった。

「平氏《へいし》の武者《むしゃ》でしょうか」

たしかに笛《ふえ》の音《ね》は、平家《へいけ》の陣《じん》のほうからきこえてくる。

——このようなときに、笛《ふえ》をふくとは。

熊谷《くまがい》は、星空《ほしぞら》をあおぎ見《み》た。

さかえにさかえていた平氏《へいし》は、いま、追《お》われている。

すみなれた家《いえ》やしきは、じぶんたちの手《て》で火《ひ》をつけて都《みやこ》をはなれ、あちこちでたたかい、追《お》いつめられ、この一《いち》の谷《たに》にようやく陣《じん》をきずいたところだ。

それを、源氏《げんじ》一万余《よ》の軍《ぐん》がとりかこみ、夜《よ》あけをまって、攻《せ》めようとしている。

――死《し》をかくごしてふいている笛《ふえ》か。

熊谷《くまがい》のたけだけしいむねに露《つゆ》のようにしみる、静《しず》かなうつくしい音色《ねいろ》だった。

――よほどりっぱな武将《ぶしょう》であろう……。

　それならば、いま、とまどった声《こえ》をだしたわが子《こ》には、むしろきかせたくない。

　これからたたかうあいてに、心《こころ》をうごかさないほうがよいのだ。

　そこで熊谷《くまがい》は、ふりむきもせず、

「いくぞ」

とだけつよくいって、ごんだ栗毛《くりげ》の名馬《めいば》に、ひょうとむちをあてた。

　三騎《き》は、田井《たい》の畑《はた》とよばれている古道《こどう》を、

一列《れつ》になってまた走《はし》りだした。

いその香《かお》りがしてきた。

三騎《き》は浜《はま》にでて、その波《なみ》うちぎわをつたうように走《はし》った。

闇《やみ》にまぎれて、かけすすむ。

こうして、塩屋《しおや》に陣《じん》どっていた土肥実平軍《といさねひらぐん》のよこをとおりぬけた。

手《て》はずどおり、味方《みかた》の前《まえ》にでることができたのだ。

――一番《いちばん》のりぞ。

源平両軍《げんぺいりょうぐん》は、夜《よ》あけをまってしずまっている。

よせてはかえす波《なみ》の音《おと》だけが、あたりにみちていた。

「つづけ」

熊谷《くまがい》はわが子《こ》にいうと、平家《へいけ》のかいだて[*1]のちかくにかけよって、大声《おおごえ》で名《な》のりをあげた。

「遠《とお》からん者《もの》は、音《おと》にもきけ。

近《ちか》くばよって目《め》にも見《み》よ。

ここに、武蔵《むさし》の国《くに》の住人熊谷次郎直実《じゅうにんくまがいじろうなおざね》と、その子小次郎直家《こじろうなおいえ》まいり、一《いち》の谷《たに》の先陣《せんじん》をはたしたるぞ。

　であえや、であえ」

「であえや、であえ」

小次郎《こじろう》も父《ちち》にならんで、わかわかしい声《こえ》でいった。

だが、木戸口《きどぐち》は、しんととじられたままだった。

いかにも早《はや》すぎたのである。

「しかたがない。まつとしよう」

という熊谷《くまがい》に、

「父上《ちちうえ》、されど一番《いちばん》のりの口上《こうじょう》は、はたしましたぞ」

小次郎《こじろう》の声《こえ》は、はればれとはずんでいた。

東《ひがし》の空《そら》がしらんできた。

海《うみ》が、灰色《はいいろ》から水色《みずいろ》に、水色《みずいろ》から青《あお》くなってくると、あたりのけしきが、くっきりとうかびあがってきた。

　そのとき、どっと鬨《とき》*2の声《こえ》があがり、西《にし》の木戸口《きどぐち》があいた。

＊1　敵《てき》の矢《や》をふせぐために、楯《たて》をかきねのように並《なら》べたもの。
＊2　戦場《せんじょう》で大勢《おおぜい》が一同《いちどう》に声《こえ》をあげること。

なかから、よろいかぶとに身《み》をかためた平家《へいけ》のさむらいが、雲《くも》がわくようになだれでてきた。

「小次郎《こじろう》、気《き》をつけよ」

「しょうちしました」

父子《おやこ》は、どうじに剣《けん》をぬいた。

まもなく、土肥実平軍《といさねひらぐん》七千余騎《よき》も、鬨《とき》の声《こえ》をひびかせながら、攻《せ》めてきた。

矢《や》が、両軍《りょうぐん》から、よこ雨《あめ》のようにとぶ。

その矢《や》をうちはらい、かいくぐり、名《な》のりをあげて白刃《はくじん》をふるう者《もの》、馬《うま》からおちる者《もの》、組《く》みあう者《もの》、きずついた味方《みかた》をつれてしりぞく者《もの》、斬《き》りあう者《もの》、源平《げんぺい》いりみだれ、すさまじい戦《たたか》いがつづいた。

落馬《らくば》する小次郎《こじろう》が見《み》えたとき、熊谷《くまがい》はかけより、すぐにわが馬《うま》にのせて、味方《みかた》の陣《じん》までしりぞかせた。

「きずは、あさいぞ」

やがて、裏山《うらやま》の鵯越《ひよどりごえ》から、源義経軍《みなもとのよしつねぐん》三千余騎《よき》が攻《せ》めおりてきた。

源氏《げんじ》の兵《へい》が、平氏《へいし》の宿舎《しゅくしゃ》につぎつぎ火《ひ》をつける。

黒《くろ》いけむりがいくすじも立《た》ちのぼり、ここで、勝敗《しょうはい》はきまった。

平家軍《へいけぐん》は、海《うみ》にうかんだ舟《ふね》に助《たす》けをもとめて逃《に》げる者《もの》、浜《はま》づたいに逃《に》げおちていく者《もの》、とらえられる者《もの》と、さまざまであった。

熊谷《くまがい》が、波《なみ》うちぎわで馬《うま》をすすめていくと、みごとな馬《うま》に、金《きん》ぶちのくらをおいた武者《むしゃ》が、沖《おき》にいる舟《ふね》をめがけて、海《うみ》にはいっていくのが見《み》えた。

青葉色《あおばいろ》の黄緑《きみどり》ぼかし染《ぞ》めのよろい、鍬形《くわがた》のかぶと、金《きん》のかざりの太刀《たち》、見《み》るからにりっぱな武者《むしゃ》に、熊谷《くまがい》は、大声《おおごえ》でよびかけた。

「そこにいかれるのは、平家《へいけ》の御大将《おんたいしょう》とお見《み》うけいたす。さあさあ、ここまでひきかえしたまえ」

熊谷《くまがい》が、扇《おうぎ》をあげてさしまねくと、その武者《むしゃ》は、馬《うま》のたづなをとりなおし、まっすぐにもどってきた。

波《なみ》うちぎわでまっていた熊谷《くまがい》は、まず、馬《うま》をよこにならべてむんずと組《く》み、もみあって馬《うま》からおちた。

おちたまままあいての上《うえ》になり、強《つよ》くおさえつけ、そのかぶとをおしあげて、はっといきをのんだ。

なんと、あいては、まだ少年《しょうねん》であった。

わが子小次郎《こじろう》とおなじ年《とし》ごろか。

熊谷《くまがい》は、おもわず手《て》をはなしていった。

「いそぎ、逃《に》げられよ」

若武者《わかむしゃ》はおきあがり、いずまいをただしていった。

「敵《てき》のなさけは、うけぬ」

それから、腰《こし》にさしていた紫《むらさき》と銀《ぎん》のにしきの、細《ほそ》ながいふくろを前《まえ》においた。

「これは、小枝《さえだ》とよばれる名笛《めいてき》なれば、われとともにくち果《は》てるのは、しのびない。

この笛《ふえ》をおもちいただきたい」

――さては、闇《やみ》のなかできいた笛《ふえ》は、この方《かた》がふいていたのか。

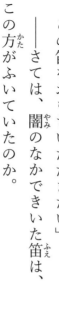

熊谷《くまがい》がことばをうしなっていると、若武者《わかむしゃ》は、おちついた声《こえ》でいった。

「なんじのために、われはよきあいてなるぞ。いまは名《な》のらぬが、首《くび》をはねて、人《ひと》にたずねてみよ。かならずや、しっている者《もの》がいよう」

そのいさぎよさに、熊谷《くまがい》は、なんとかたすけたいとおもったが、うしろからすでに源氏《げんじ》の五十余騎《よき》がよせてきた。

――いまは、のがす方法《ほうほう》はない。

うしろにまわった熊谷《くまがい》は、

「小枝《さえだ》なる名笛《めいてき》は、たいせつにまもりますぞ」

と、やくそくした。

若武者《わかむしゃ》はうなずいて、手《て》をあわせた。

なえた心《こころ》をふるいたたせ、熊谷《くまがい》は、刀《かたな》をふりおろした。

――小次郎《こじろう》とおなじ年《とし》ごろの方《かた》を、討《う》ってしまった。

この子《こ》の父親《ちちおや》は、さぞ案《あん》じておられることだろう。

顔《かお》をあげると、波《なみ》のあいだには、平家《へいけ》の赤《あか》い旗《はた》や赤布《あかぬの》や、旗竿《はたざお》がおびただしくただよい、うちよせる波《なみ》も、たたかいぬいた武士《ぶし》たちの血《ち》で、うす紅《べに》にそまっていた。

——戦《たたか》いとは、なにか。

——人《ひと》をころすことが、てがらなのか。

——一番《いちばん》のりは、てがらなのか。

——武士《ぶし》とは、いったいなんなのか。

熊谷《くまがい》はむなしいおもいで、波《なみ》うちぎわに立《た》ちつくしていた。

あとで、この若武者《わかむしゃ》は、平清盛《たいらのきよもり》の弟経盛《おとうとつねもり》の末子《ばっし》、平敦盛《たいらのあつもり》で、十六歳《さい》とわかった。

熊谷次郎直実《くまがいじろうなおざね》は、敦盛《あつもり》の笛《ふえ》だけをもち、すべてをすてて仏道《ぶつどう》にはいった。

この名笛《めいてき》「小枝《さえだ》」は、いつのまにか「青葉《あおば》の笛《ふえ》」とよばれるようになっている。

いとの森《もり》の家《いえ》

[作] 東直子《ひがしなおこ》　[絵] 東直子《ひがしなおこ》

——あれは本当《ほんとう》にまっすぐな、長《なが》い長《なが》い道《みち》だった。

小学四年生《しょうがくよねんせい》の六月《がつ》。初《はじ》めて歩《ある》いたその道《みち》は、朝《あさ》から降《ふ》り続《つづ》いた雨《あめ》でじっとりと濡《ぬ》れていた。当時《とうじ》その村《むら》では小学生《しょうがくせい》は集団登校《しゅうだんとうこう》が義務《ぎむ》づけられていて、毎朝地区《まいあさちく》ごとにいったん一ヶ所《しょ》に集《あつ》まってから、学校《がっこう》までの道《みち》を一列《れつ》に連《つら》なって歩《ある》いていたのだ。私《わたし》は、集団登校《しゅうだんとうこう》というものを体験《たいけん》したのも初《はじ》めてだった。

皆《みな》、底《そこ》のぶ厚《あつ》いゴム長靴《ながぐつ》を履《は》いて、びちゃびちゃ音《おと》を立《た》てながら歩《ある》いていく。私《わたし》も遅《おく》れないように最後尾《さいこうび》をついていったのだが、吐《は》き気《け》が込《こ》み上《あ》げてきてしかたがなかった。その一本道《いっぽんみち》の両脇《りょうわき》は田《た》んぼで、雨《あめ》に濡《ぬ》れた道《みち》へと田《た》んぼから飛《と》び出《だ》してきた蛙《かえる》が、走《はし》り去《さ》る車《くるま》のタイヤにつぶされてちぎれ、雨水《あまみず》でふやけた白《しろ》い蛙肉《かえるにく》が、道一面《みちいちめん》にしきつめられていたからだ。

なるべく蛙肉《かえるにく》を踏《ふ》みたくない。しかしよけるスペースなどどこにもなく、粛々《しゅくしゅく》と進《すす》んでいく連隊《れんたい》に遅《おく》れずについていくためには、それを自分《じぶん》も粛々《しゅくしゅく》と踏《ふ》んで歩《ある》くしかないのだ。雨《あめ》の降《ふ》りしきるむっとするような空気《くうき》の中《なか》に、なんともいえない生臭《なまぐさ》い匂《にお》いが漂《ただよ》っている。私《わたし》は、匂《にお》いをなるべく吸《す》い込《こ》まないように息《いき》を止《と》めて、新《あたら》しい学校《がっこう》への道《みち》を無言《むごん》で歩《ある》いていった。といってもずっと息《いき》を止《と》めておくわけにはいかず、ときどき、くっといっぺんに息《いき》を吸《す》い、そのたびにくらっと気《き》が遠《とお》くなるような感覚《かんかく》に襲《おそ》われるのだった。

　黄色《きいろ》や赤《あか》や黒《くろ》や青《あお》の長靴《ながぐつ》が、どんどん踏《ふ》みつけていく蛙《かえる》の轢死体《れきしたい》。一歩《ぽ》踏《ふ》み出《だ》すごとに確実《かくじつ》に吐《は》き気《け》が込《こ》み上《あ》げてくる中《なか》、他《ほか》の子《こ》どもたちの様子《ようす》をちらちらと見《み》てみるのだが、私以外《わたしいがい》の人《ひと》は、皆平気《みなへいき》そうである。

　笑顔《えがお》でも怒《おこ》り顔《がお》でもなく、気分悪《きぶんわる》そうにもしていない。ただただ無心《むしん》に、両脇《りょうわき》に田《た》畑《はた》を従《したが》えた学校《がっこう》へ続《つづ》く長《なが》い長《なが》い一本道《いっぽんみち》を歩《ある》いていた。蛙《かえる》の肉《にく》が道《みち》を一面《いちめん》に覆《おお》っているなんてことは当《あ》たり前《まえ》のこととしてなんら疑《うたが》うこともなく、立《た》ち止《ど》まったり遅《おく》れたりもせず、その道《みち》になにがあろうと淡々《たんたん》と踏《ふ》みつけながら歩《ある》いていたのである。

　みんなすごいなあ、と思《おも》う。同時《どうじ》に、自分《じぶん》はダメだ、と思《おも》う。ダメだダメだ、こんなことではダメだ。しっかりしなくては。と、だんだんもうろうとしてくる頭《あたま》を自分《じぶん》で叱咤激励《しったげきれい》しながら、隊列《たいれつ》になんとか遅《おく》れないようについていった。

学校《がっこう》にやっとたどりつき、傘《かさ》をたたんだところでぐっと気分《きぶん》が悪《わる》くなり、トイレの場所《ばしょ》を教《おし》えてもらってかけこみ、吐《は》いた。朝食《あさた》べてきたものを全部《ぜんぶ》もどしてしまった。

というわけで、転校初日《てんこうしょにち》に私《わたし》が初《はじ》めて入《はい》った学校《がっこう》の部屋《へや》は保健室《ほけんしつ》、ということになってしまった。

保健室《ほけんしつ》は、しん、としずまりかえっていた。前《まえ》の学校《がっこう》では、保健室《ほけんしつ》には常時白衣《じょうじはくい》を着《き》た保健室《ほけんしつ》の先生《せんせい》がいて、どうしたの？　大丈夫《だいじょうぶ》？　と、部屋《へや》に行《い》けば必《かなら》ずやさしい声《こえ》をかけられたものだったが、この学校《がっこう》には、保健室《ほけんしつ》にずっといる先生《せんせい》はいないのだった。私《わたし》を保健室《ほけんしつ》に連《つ》れてきてくれたのは、担任《たんにん》の福原先生《ふくはらせんせい》だった。

トイレで苦《にが》い涙《なみだ》を流《なが》しつつ出《だ》せるものを出《だ》しきって水《みず》を流《なが》し、ドアを開《あ》けると、そこに福原先生《ふくはらせんせい》が立《た》っていた。私《わたし》がせっぱつまった顔《かお》をしてトイレにかけこむのを見《み》た誰《だれ》かが、伝《つた》えてくれたのだろう。

福原先生《ふくはらせんせい》は、あらあら顔色《かおいろ》が真《ま》っ青《さお》よ、と私《わたし》の肩《かた》に手《て》を置《お》いた。とたんになんだか恥《は》ずかしくなってうつむくと、気分悪《きぶんわる》いの？　まだ悪《わる》い？　とたたみかけた。道路《どうろ》でつぶれた蛙《かえる》が気持《きも》ち悪《わる》くて、などと言《い》うと、いかにも田舎生活《いなかせいかつ》になじめない都会《とかい》っ子《こ》、みたいな部分《ぶぶん》を強調《きょうちょう》するようで、口《くち》にできず押《お》し黙《だま》ってしまった。福原先生《ふくはらせんせい》の手《て》は、私《わたし》の肩《かた》からするりと腕《うで》をつたって下《お》り、てのひらを握《にぎ》った。

「緊張《きんちょう》しすぎたとかねえ。まあちょっと保健室《ほけんしつ》で休《やす》んどく？」

福原先生《ふくはらせんせい》にそう言《い》われ、私《わたし》は小《ちい》さくうなずいた。じゃあ、こっちよ、と歩《ある》き出《だ》した福原先生《ふくはらせんせい》にひっぱられるようにして廊下《ろうか》を歩《ある》いた。福原先生《ふくはらせんせい》は、思《おも》いのほか足《あし》が速《はや》くて、ついていくのが大変《たいへん》だった。何人《なんにん》もの生徒《せいと》とすれちがう。すれちがっても目線《めせん》だけが私《わたし》の方《ほう》に少《すこ》し残《のこ》るのがわかった。

保健室《ほけんしつ》は、ほんのりとクレゾールの匂《にお》いがした。前《まえ》の学校《がっこう》の保健室《ほけんしつ》と同《おな》じ匂《にお》いだった。匂《にお》いは同《おな》じなんだ、と思《おも》いながら、先生《せんせい》に促《うなが》されるまま一つしかないベッドにもぐりこんだ。シーツは少《すこ》しひんやりしていて、蒲団《ふとん》はやわらかくて軽《かる》かった。保健室《ほけんしつ》の蒲団《ふとん》って、こんななんだ、家《いえ》の重《おも》い蒲団《ふとん》とずいぶん違《ちが》うなあ、と瞬間的《しゅんかんてき》に思《おも》い、保《ほ》健室《けんしつ》のベッドの中《なか》に入《はい》ったのは初《はじ》めてだと気付《きづ》いた。これまで保健室《ほけんしつ》では転《ころ》んで怪我《けが》をした膝《ひざ》に消毒液《しょうどくえき》を塗《ぬ》ってもらうくらいのことしかしてもらってなかったのだった。

私《わたし》があお向《む》けになって、保健室《ほけんしつ》のベッドって、なんか気持《きも》ちいいなあと思《おも》いながらふう、と息《いき》を吐《は》いたところで、しばらく休《やす》んでていいけんね、と福原先生《ふくはらせんせい》はひとこと言《い》い残《のこ》して出《で》ていった。

白《しろ》いレースのカーテンがかかった窓《まど》の向《む》こうでは、まだ雨《あめ》が降《ふ》り続《つづ》いていた。窓《まど》から伝《つた》わる雨音《あまおと》以外《いがい》の音《おと》や人声《ひとごえ》は聞《き》こえず、部屋《へや》は薄暗《うすぐら》くしずまりかえっていた。白《しろ》い天井《てんじょう》にはいくつか窪《くぼ》みがあり、端《はし》の方《ほう》が黒《くろ》ずんでいた。そんな天井《てんじょう》を見《み》つめていると、自分《じぶん》がこの世《よ》の片隅《かたすみ》にうち捨《す》てられた漂流物《ひょうりゅうぶつ》のような心地《ここち》がしてきて、少《すこ》し胸《むね》が痛《いた》くなった。あお向《む》けで足《あし》を広《ひろ》げていると、道路《どうろ》で足《あし》を広《ひろ》げて死《し》んでいた蛙《かえる》を思《おも》い出《だ》したので、横向《よこむ》きになって身体《からだ》を海老《えび》のように曲《ま》げた。気《き》を失《うしな》いそうになるほど悩《なや》まされていたつぶれた蛙《かえる》とその匂《にお》いが、まだ身体《からだ》にまとわりついているような気《き》がして、うなされた。そしてとんでもないところへ来《き》たものだ、と悲《かな》しい気持《きも》ちがじわじわと浮《う》かんできてしまったのだった。

私《わたし》はおとといまで、福岡市内《ふくおかしない》の住宅街《じゅうたくがい》にある団地《だんち》に住《す》んでいた。田畑《たはた》は、歩《ある》きまわる範囲《はんい》の中《なか》には存在《そんざい》せず、道路《どうろ》も歩道《ほどう》もすべて鋪装《ほそう》され、土《つち》に直接触《ちょくせつふ》れられるのは、公園《こうえん》か校庭《こうてい》、あるいは一部《いちぶ》の空《あ》き地《ち》に限《かぎ》られていた。

団地《だんち》の目《め》の前《まえ》を川《かわ》が流《なが》れていたこともあり、野生《やせい》の蛙《かえる》を見《み》たことがないわけではなかったが、あのように大量《たいりょう》の、水《みず》にふやけた轢《れき》死体《したい》に遭遇《そうぐう》したのは初《はじ》めてだったのだ。田舎《いなか》で暮《く》らすということはそういうことなのだ、と白《しろ》いシーツの間《あいだ》で覚悟《かくご》を決《き》めようと決心《けっしん》するのだが、びちゃびちゃと音《おと》を立《た》てつつ歩《ほ》を進《すす》めた長靴《ながぐつ》の下《した》のもやもやした感触《かんしょく》が蘇《よみがえ》ってくるたびに、嗚咽《おえつ》しそうになった。

ダメだ、ダメだ、私《わたし》はここでやっていけそうもない。中途《ちゅうと》で止《と》まった嗚咽《おえつ》と強《つよ》い不《ふ》安感《あんかん》から目尻《めじり》に涙《なみだ》がたまり、つつつ、と頬《ほお》を伝《つた》った。登校初日《とうこうしょにち》から、最悪《さいあく》だ。

それにしても、朝《あさ》から学校《がっこう》で眠《ねむ》るなんて初《はじ》めてだ、と思《おも》うと、うしろめたいような、ひどく気持《きも》ちのいいような心地《ここち》がして、身体《からだ》があたたまってくるとともに強《つよ》い眠気《ねむけ》に引《ひ》っぱられて、ふうっと眠《ねむ》りに落《お》ちていった。

保健室《ほけんしつ》の引《ひ》き戸《ど》が引《ひ》かれる音《おと》がして、目《め》が覚《さ》めた。二時間目《じかんめ》と三時間目《じかんめ》の間《あいだ》のちょっと長《なが》い休《やす》み時間《じかん》に咲子《さきこ》ちゃんが様子《ようす》を見《み》にきてくれたのだ。咲子《さきこ》ちゃんは、私《わたし》が住《す》むことになった家《いえ》の一番近《いちばんちか》くに住《す》む同級生《どうきゅうせい》である。川島《かわしま》さんという名前《なまえ》の家《いえ》で、引《ひ》っ越《こ》しの挨拶《あいさつ》に行《い》くと、雨《あめ》が降《ふ》っていたわけでもないのに黒《くろ》い長靴《ながぐつ》を履《は》いたおばあちゃんと咲子《さきこ》ちゃんとそのお姉《ねえ》ちゃんの三恵子《みえこ》ちゃんが出《で》てきた。私《わたし》が入《はい》る予定《よてい》のクラスを伝《つた》えると、咲子《さきこ》ちゃんは、じゃあおんなじクラスだあ、と言《い》ってにっこり笑《わら》った。それで、今朝《けさ》初《はじ》めて学校《がっこう》へ行《い》くときも連《つ》れ立《だ》って集合場所《しゅうごうばしょ》まで行《い》ったのだった。

「加奈子《かなこ》ちゃん、大丈夫《だいじょうぶ》？」

保健室《ほけんしつ》のベッドの上《うえ》で、うっすらと目《め》を開《あ》けた私《わたし》を、咲子《さきこ》ちゃんはのぞきこんだ。

私《わたし》は目《め》をしばたたかせて、上半身《じょうはんしん》をむっくりと起《お》こした。

「だ、だいじょうぶ、みたい」

少《すこ》し眠《ねむ》ったおかげで、身体中《からだじゅう》をめぐっていた吐《は》き気《け》がきれいさっぱりどこかにいってしまっていた。

「よくなって、よかったね」

よく日《ひ》に焼《や》けた顔《かお》を思《おも》い切《き》り笑顔《えがお》にしてはげましてくれる咲子《さきこ》ちゃんが、なんだかまぶしすぎて、照《て》れくさくて、私《わたし》はうつむきながら小《ちい》さな声《こえ》で、うん、と答《こた》えた。そこへ福原先生《ふくはらせんせい》が、山田《やまだ》さーん、どうですかあ、と歌《うた》うように声《こえ》をかけながら入《はい》ってきたのだった。

私《わたし》は三時間目《じかんめ》の授業《じゅぎょう》から参加《さんか》することにした。福原先生《ふくはらせんせい》に続《つづ》いて、咲子《さきこ》ちゃんと一緒《いっしょ》に教室《きょうしつ》に入《はい》った。

咲子《さきこ》ちゃんは席《せき》につき、私《わたし》は黒板《こくばん》の前《まえ》で先生《せんせい》の横《よこ》に立《た》った。雨《あめ》に閉《と》じこめられて気《け》だるい空気《くうき》の充満《じゅうまん》する教室《きょうしつ》は、とてもざわついていた。席《せき》について私《わたし》の方《ほう》をじっと注《ちゅう》目《もく》している子《こ》も五、六人《にん》はいたが、その教室《きょうしつ》の生徒《せいと》のほとんどが席《せき》にもついておらず、消《け》しゴムを投《な》げ合《あ》ったり、窓辺《まどべ》でかたまってなにかに夢中《むちゅう》になっている様子《ようす》だった。

「はーい、みなさーん、席《せき》についてー」

福原先生《ふくはらせんせい》は、低《ひく》めの間《ま》延《の》びした声《こえ》でそう言《い》うと皆《みな》に背中《せなか》を向《む》けて黒板《こくばん》に文字《もじ》を書《か》き始《はじ》めた。チョークが擦《こす》れる音《おと》。今自分《いまじぶん》の名前《なまえ》が書《か》き込《こ》まれているのだな、と思《おも》った。隠《かく》すべき名前《なまえ》でもなんでもないが、こんなふうに大披露《だいひろう》されるのは、とても気恥《きは》ずかしかった。黒板《こくばん》に文字《もじ》が書《か》かれ始《はじ》めると同時《どうじ》に、子《こ》どもたちは友達《ともだち》との会話《かいわ》を続《つづ》けつつゆっくりと移動《いどう》して、皆《みな》、席《せき》についた。

私《わたし》の入《はい》る四年《ねん》一組《くみ》のクラスの人数《にんずう》は三十人《にん》だと、母《はは》と姉《あね》と転入《てんにゅう》手続《てつづ》きに来《き》たときに職員室《しょくいんしつ》で教《おし》えてもらっていた。小学《しょうがく》四年生《ねんせい》は、その三十人《にん》クラスが二組《くみ》あるだけだった。学年《がくねん》によっては一クラスしかないところもあった。市内《しない》にいたときは四十五人学《にんがっ》級《きゅう》が八クラスもあるマンモス校《こう》だったので、三十人《にん》クラスはずいぶん隙間《すきま》があるように感《かん》じられた。

名前《なまえ》を書《か》き終《お》わった先生《せんせい》が振《ふ》り返《かえ》ってふたたびこちらを向《む》いたとき、教室《きょうしつ》はしずまりかえった。私《わたし》はごくりと唾《つば》をのみこんだ。

「今日《きょう》からこのクラスで一緒《いっしょ》に勉強《べんきょう》をすることになりました、山田加奈子《やまだかなこ》さんです」

名前《なまえ》を大《おお》きな声《こえ》で呼《よ》ばれて恥《は》ずかしさが倍増《ばいぞう》したが、なるたけそんな気持《きも》ちが出《で》ないようにわずかに笑顔《えがお》をつくってから、軽《かる》く頭《あたま》を下《さ》げた。

「山田《やまだ》さん、クラスのみんなにひとこと自己紹介《じこしょうかい》をして下《くだ》さい」

私《わたし》ははっとして目《め》を見開《みひら》いた。そんなこと、なにも考《かんが》えていなかった。えっと、おとといひっこしてきました。よろしくお願《ねが》いします、と言《い》いながらふたたび頭《あたま》を下《さ》げた。顔《かお》を上《あ》げようとすると、それだけなんですかー、と先生《せんせい》が低《ひく》く間延《まの》びした声《こえ》で訊《き》いてきた。いたたまれない気持《きも》ちになり、うつむいたままとぼとぼ歩《ある》いて、自分用《じぶんよう》に用意《ようい》されていた席《せき》についた。

隣《となり》の席《せき》の男子《だんし》が私《わたし》の顔《かお》をのぞきこむように身体《からだ》を傾《かたむ》けて、おまえんちさ、と話《はな》しかけた。先生《せんせい》が教科書《きょうかしょ》の開《ひら》くページの指示《しじ》を出《だ》しながらこちらに近《ちか》づいてきて、そのいがぐりあたまをてのひらでぎゅっとつかんで姿勢《しせい》をたださせた。横目《よこめ》で見《み》ていると、その男子《だんし》は、ふぐみたいにほっぺたをふくらませてぷぷぷ、とくちびるを鳴《な》らした。

お昼《ひる》の時間《じかん》になり、机《つくえ》を移動《いどう》して対面式《たいめんしき》にして給食《きゅうしょく》を食《た》べた。このころにはすっかり気分《きぶん》も回復《かいふく》し、朝食《あさた》べたものがなかったことになっていたので、とてもお腹《なか》がすいていた。アルミの深皿《ふかざら》に豚汁《とんじる》が湯気《ゆげ》をたて、平皿《ひらざら》では鮭《さけ》の切《き》り身《み》がつやつやと光《ひか》っていた。給食《きゅうしょく》は、学校《がっこう》の中《なか》にある給食室《きゅうしょくしつ》で給食《きゅうしょく》のおばさんが毎日手作《まいにちてづく》りしているという。豚汁《とんじる》の中《なか》に入《はい》っているニンジンやジャガイモやタマネギは、前《まえ》の学校《がっこう》のそれよりもちょっと大《おお》きめにカットされていて、ほんのり甘《あま》くて歯《は》ごたえがあり、とてもおいしかった。

咲子《さきこ》ちゃんが給食《きゅうしょく》を食《た》べながら、加奈子《かなこ》ちゃんは、自分《じぶん》の家《いえ》の少《すこ》し上《うえ》の方《ほう》に新《あたら》しい家《いえ》を建《た》てて引《ひ》っ越《こ》してきたのだとみんなに説明《せつめい》してくれた。

「あれか、あのなんもなかった山《やま》に、突然《とつぜん》あらわれた家《いえ》か」

大《おお》きな声《こえ》を上《あ》げたのは篠山泰《しのやまやすし》くんだった。この地域《ちいき》は、咲子《さきこ》ちゃんの名字《みょうじ》の川島《かわしま》か、泰《やすし》くんの篠山《しのやま》という名字《みょうじ》が多《おお》い。名字《みょうじ》で呼《よ》ぶと混乱《こんらん》するからか、全員《ぜんいん》が下《した》の名前《なまえ》で呼《よ》び合《あ》っていた。今《いま》までは、よほど仲《なか》がいい子《こ》以外《いがい》は、名字《みょうじ》に「さん」や「くん」をつけて呼《よ》び合《あ》っていたので、泰《やすし》くんよく知《し》っとるね、などと女子《じょし》が男子《だんし》に話《はな》しかける様《よう》子《す》は違和感《いわかん》があった。ましてや自分《じぶん》が「泰《やす》くん」と呼《よ》ぶのはさらに抵抗《ていこう》があり、篠山《しのやま》くん、とつい呼《よ》んでしまうのだった。すると、オレも篠山《しのやま》だぜー、とクラスに何人《なんにん》もいる「篠山《しのやま》くん」がつっこみを入《い》れにきた。

「加奈子《かなこ》ちゃんのお父《とう》さんは、なんしようひと？」

そう訊《き》いてきた篠山高子《しのやまたかこ》ちゃんは、唇《くちびる》と鼻《はな》の間《あいだ》に二ミリくらいの黒子《ほくろ》があった。

「銀行《ぎんこう》に行《い》っとるよ」

「銀行《ぎんこう》？　じゃあやっぱ社長《しゃちょう》なんか」先生《せんせい》に頭《あたま》をつかまれてぷぷぷとくちびるを鳴《な》らした川島実《かわしまみのる》くんが、身《み》を乗《の》り出《だ》した。

「そんなんやないよ。ふつうの係《かかり》だよ」

私《わたし》はなるべく笑顔《えがお》を作《つく》って答《こた》えた。答《こた》えながら、銀行《ぎんこう》には「社長《しゃちょう》」はおらんとよ、「頭取《とうどり》」っていうとよ、と思《おも》ったが、黙《だま》っておいた。

実《みのる》くんが、朝《あさ》ご飯《はん》にはなにを食《た》べてきたか訊《き》いてきたので、記憶《きおく》をひもときながら、えっと、パンと、目玉焼《めだまや》きと、トマトと、えーと、メロン、と答《こた》えた。

「メロン！　毎日《まいにち》メロンを食《た》べよると？」実《みのる》くんが目《め》を丸《まる》くして言《い》った。

いや、毎日《まいにち》というわけでもないし、メロン、とたしかに言《い》ったけれども、今朝《けさ》食《た》べたのは、あのマスクメロンのような高級品《こうきゅうひん》ではないことは自分《じぶん》でもわかっていた。うすい緑色《みどりいろ》の皮《かわ》の、瓜《うり》、といった方《ほう》が正確《せいかく》な果物《くだもの》だと思《おも》うが、そういう細《こま》かいことを説《せつ》明《めい》するのも面倒《めんどう》で、うん、まあ、とあいまいに答《こた》えてしまった。

「うちは、朝《あさ》はご飯《はん》しか出《で》たことなかよ。うらやましかあ、毎日《まいにち》パンで、毎日《まいにち》メロン食《た》べるって」

咲子《さきこ》ちゃんにまでダメ押《お》しをされて、「毎日《まいにち》メロンを食《た》べる」という小《ちい》さな嘘《うそ》をいよいよ押《お》し通《とお》さねばならなくなった。実《みのる》くんが朝食《ちょうしょく》をのぞきにくることはないだろうけど、すぐ近《ちか》くの家《いえ》の咲子《さきこ》ちゃんは朝《あさ》ご飯《はん》を食《た》べてる途中《とちゅう》に早《はや》めに迎《むか》えにきてくれて、私《わたし》が食《た》べ終《お》わるのを待《ま》ってくれるようなことがないとも限《かぎ》らない。困《こま》ったな。毎日《まいにち》ほんとうに瓜《うり》でもいいからメロンを出《だ》してもらうように頼《たの》むか、なんとしても咲子《さきこ》ちゃんより早《はや》く準備《じゅんび》をして、私《わたし》から咲子《さきこ》ちゃんを呼《よ》びに行《い》くようにしないといけない。そっちの方《ほう》が簡単《かんたん》だ。自分《じぶん》の家《いえ》の方《ほう》が学校《がっこう》よりちょっとだけ遠《とお》い所《ところ》にあるんだから、そうする方《ほう》が自然《しぜん》のことだし。よし、そうしよう、とこれからの自分《じぶん》の朝《あさ》の行動《こうどう》を決《き》めたところで、よーし対戦《たいせん》するかー、という声《こえ》が聞《き》こえた。給食《きゅうしょく》を食《た》べ終《お》えたと思《おぼ》しき男子《だんし》数人《すうにん》が立《た》って話《はなし》をしていた。

「オレ、昨日《きのう》、新《あたら》しかとば探《さが》して入《い》れてきた」

「ほんとや」

「オレも、オレも」

「今日《きょう》は負《ま》けんぜ」

そんなことを言《い》っている男子《だんし》たちは、それぞれヤクルトの容器《ようき》を手《て》に持《も》っている。このクラスでは、ほとんどの人《ひと》の机《つくえ》の上《うえ》に、このヤクルトの容器《ようき》が置《お》いてある。すべて蓋《ふた》は取《と》り除《のぞ》かれている。かわりにラップやガーゼの蓋《ふた》がしてあるものもあり、容器《ようき》の内側《うちがわ》から濃《こ》い色《いろ》が透《す》けていた。中《なか》にはヤクルトのあのうすいオレンジ色《いろ》の液体《えきたい》、ではないものが入《はい》っているようだ。なぜそんなものを皆持《みなも》っているのか、ずっと不思議《ふしぎ》だった。今《いま》その謎《なぞ》が明《あ》かされるのかと、給食《きゅうしょく》の先割《さきわ》れスプーンを置《お》いて、私《わたし》は彼《かれ》らの様子《ようす》を見《み》に立《た》ち上《あ》がった。

すでにヤクルトの容器《ようき》を持《も》っている男子《だんし》のまわりには、男女《だんじょ》を問《と》わず人《ひと》が集《あつ》まってきていた。二人《ふたり》の男子《だんし》がヤクルトの容器《ようき》を傾《かたむ》けて、指先《ゆびさき》で中《なか》からなにかをつまみ出《だ》した。親指《おやゆび》とひとさし指《ゆび》の間《あいだ》でなにか茶色《ちゃいろ》いものがもぞもぞと動《うご》いている。男子二人《だんしふたり》は向《む》かい合《あ》ってそのもぞもぞを近《ちか》づけた。目《め》を合《あ》わせ、せーの、と合図《あいず》をしてから声《こえ》を合《あ》わせた。

「おまえのちんこ、どーんくらい」

それを掛《か》け声《ごえ》として指先《ゆびさき》の小《ちい》さな虫《むし》が、小《ちい》さなカマを広《ひろ》げた。

「公太《こうた》の方《ほう》が、信司《しんじ》のよりおっきい」

「よーし、オレの勝《か》ちー」

公太《こうた》くんは、指先《ゆびさき》の虫《むし》をいとおしそうに一度《いちど》ゆっくり眺《なが》めてから、ヤクルトの容器《ようき》の中《なか》にふたたび入《い》れた。負《ま》けた信司《しんじ》くんは、くやしそうな顔《かお》をして、虫《むし》を容器《ようき》の中《なか》にぽいっと落《お》とした。

「ちぇ。またこんど新《あたら》しかとば探《さが》してくるぜ」

「おい、オレのと対戦《たいせん》させれ」

幸夫《ゆきお》くんが公太《こうた》くんに試合《しあい》を申《もう》し込《こ》むと、二人《ふたり》はまた向《む》かい合《あ》ってヤクルトの容器《ようき》を傾《かたむ》けて茶色《ちゃいろ》いものをつまみ出《だ》した。それぞれの指先《ゆびさき》でもぞもぞ動《うご》いている。アリを何倍《なんばい》にも太《ふと》らせたような虫《むし》で、前肢《まえあし》に身体《からだ》のわりには大《おお》きなカマがあり、そのカマは、もぐらの手《て》のようにひらべったくなっていた。

「あれ、なに?」

隣《となり》に立《た》っていた咲子《さきこ》ちゃんに訊《き》いた。

「あれは、オケラたい」

「オケラ？」

「オケラ、知《し》らんと？　あのねえ、砂《すな》の中《なか》におるとよ。穴《あな》みつけたら、そこ掘《ほ》ればおると」

「あれ、外《そと》でとってきとうと？」

「うん。それでね、ああやって試合《しあい》すると」

「カマの広《ひろ》げ方《かた》で？」

「そう。大《おお》きく広《ひろ》げた方《ほう》のオケラが勝《か》ち」

「なんでちょうどいいときにカマを広《ひろ》げると？」

「どーんくらい、って言《い》ったあと、お腹《なか》をちょっと押《お》しようと」

「へえ……」

捕《つか》まえてきた虫《むし》で遊《あそ》ぶなんて、とびっくりしつつも試合《しあい》の様子《ようす》がおもしろくて釘付《くぎづ》けになってしまった。耳《みみ》をすますと、オケラはカマを広《ひろ》げるときにキュッと鳴《な》いたようだった。もぐらの手《て》をずっとずっと小《ちい》さくしたようなカマが、ふわ、と一瞬《いっしゅん》広《ひろ》がる

ヤクルト

様子《ようす》が、なんだかかわいく思《おも》えてくる。自分《じぶん》もちょっとやってみたいな、と思《おも》ったころには、給食《きゅうしょく》を食《た》べ終《お》えた子《こ》が次々《つぎつぎ》にオケラ対戦《たいせん》をはじめていた。女《おんな》の子《こ》も参加《さんか》していた。女《おんな》の子同士《こどうし》でもためらいなくあの掛《か》け声《ごえ》を使《つか》っていた。

「こんど、オケラのおるところ、教《おし》えてくれる？」

咲子《さきこ》ちゃんに訊《き》くと、咲子《さきこ》ちゃんはきゃはは、と明《あか》るく笑《わら》って、加奈子《かなこ》ちゃんもオケラ遊《あそ》びすると？　と言《い》った。私《わたし》は、目《め》を開《ひら》いて、うん、と答《こた》えた。

咲子《さきこ》ちゃんは、顔《かお》から笑《わら》いを蒸発《じょうはつ》させながら窓《まど》を見《み》た。朝《あさ》からの雨《あめ》がまだ降《ふ》り続《つづ》いている。

「でも、今日《きょう》は無理《むり》やと思《おも》う。雨《あめ》やけん。明日《あした》は晴《は》れるかいな」

「うん。晴《は》れるといいな」

しずかに雨《あめ》を見《み》る私《わたし》と咲子《さきこ》ちゃんの耳《みみ》に「おまえのちんこ、どーんくらい」の輪唱《りんしょう》が入《はい》ってきた。

このクラスにほんとうになじむためには、あのオケラという小《ちい》さな生《い》き物《もの》が必要《ひつよう》なのだと、九歳《さい》の心《こころ》はかたく信《しん》じたのだった。

学校《がっこう》から帰《かえ》るころには、雨《あめ》はすっかり上《あ》がっていた。登校時《とうこうじ》は集団登校《しゅうだんとうこう》が義務《ぎむ》づけられているが、授業時間《じゅぎょうじかん》が学年《がくねん》によってばらばらなので、集団下校《しゅうだんげこう》はしない。私《わたし》は同《おな》じ方向《ほうこう》の高子《たかこ》ちゃんと春江《はるえ》ちゃんと咲子《さきこ》ちゃんと一緒《いっしょ》に下校《げこう》した。

道《みち》いっぱいに湿《しめ》ってふくらんでいた蛙《かえる》の轢《れき》死体《したい》は、行《い》きの道《みち》で見《み》たときの三分《ぶん》の一ほどに減《へ》っていて、早《はや》くも干《ひ》からびはじめていた。乾《かわ》いてしまえば財布《さいふ》の革《かわ》と一緒《いっしょ》、などと自分《じぶん》に言《い》い聞《き》かせて、なるべく下《した》を見《み》ないようにして歩《ある》いた。

足《あし》を踏《ふ》み下《お》ろしたときに、長靴《ながぐつ》の底《そこ》がぐに、と少《すこ》しすべり、しまった、蛙《かえる》を踏《ふ》んでしまったか、ととっさに思《おも》い、う、と込《こ》み上《あ》げてくるものを感《かん》じたが、友達《ともだち》の顔《かお》をしっかり見《み》て、笑顔《えがお》をつくることで我慢《がまん》した。私《わたし》に今一番必要《いまいちばんひつよう》なのは、足元《あしもと》の半《はん》ぬらぬら世界《せかい》のことを気《き》にすることではなく、今目《いまめ》の前《まえ》にいるクラスメートに、ちゃんと友《とも》達《だち》として受《う》け入《い》れてもらうことなのだ、と自分《じぶん》の心《こころ》に言《い》い聞《き》かせた。

咲子《さきこ》ちゃんが、高子《たかこ》ちゃんと春江《はるえ》ちゃんに、加奈子《かなこ》ちゃんの家《いえ》は、すっごいすてきなんよー、とっても広《ひろ》くてとっても新《あたら》しくって、きれいかよう、と私《わたし》の家《いえ》をしきりにほめてくれるので、照《て》れくさかった。大《おお》きさでいえば、咲子《さきこ》ちゃんの家《いえ》の方《ほう》がずっとずっと大《おお》きいのに。

いいなあー、いいなあー、と皆《みな》に何度《なんど》も言《い》われて、今度遊《こんどあそ》びにきてきて、と私《わたし》は調《ちょう》子《し》よく返《かえ》した。

この子《こ》たちをおもてなしするなら、お茶《ちゃ》とおせんべではなくて、紅茶《こうちゃ》と苺《いちご》ケーキだな、と思《おも》った。その方《ほう》がこの子《こ》たちに、すごーいとさらに言《い》ってもらえる気《き》がする、という打算的《ださんてき》なもてなしの気持《きも》ちだった。

——だけどこの辺《へん》にケーキを売《う》ってるお店《みせ》ってあるのかな。

まっすぐに続《つづ》く道《みち》の、右《みぎ》を見《み》ると田《た》んぼ、あるいは畑《はたけ》。左《ひだり》を見《み》ても田《た》んぼ、あるいは畑《はたけ》。道《みち》の向《む》こうには青《あお》く霞《かす》む山《やま》がある。家《いえ》は田《た》んぼや畑《はたけ》の中《なか》に点在《てんざい》しているが、お店《みせ》らしきものは、目《め》に見《み》える範囲《はんい》には全《まった》く確認《かくにん》できない。

前《まえ》の小学校《しょうがっこう》に登校《とうこう》していたころ、学校《がっこう》の斜向《はすむ》かいにあるよろず屋《や》でお菓子《かし》を買《か》い、その隣《となり》の雑貨屋《ざっかや》でかわいい髪留《かみど》めなどを買《か》い、その隣《となり》の隣《となり》にある本屋《ほんや》で毎月《まいつき》「なかよし」を買《か》っていた。姉《あね》は「りぼん」を買《か》い、毎月姉妹《まいつきしまい》で二冊《さつ》の雑誌《ざっし》をすみずみまで読《よ》んでは、感想《かんそう》を熱《あつ》く語《かた》り合《あ》った。

そういう買《か》い物《もの》を、これからどこに行《い》けばできるんだろうかと、ふと不安《ふあん》になった。少《すく》なくとも、家《いえ》から学校《がっこう》まで四十分《ぷん》ほども歩《ある》くその道《みち》に、店《みせ》は一軒《けん》もなかったのだった。

転校生《てんこうせい》がやってくるのは、新学期《しんがっき》の初日《しょにち》と相場《そうば》が決《き》まっているのに、こんな六月《がつ》の梅雨時《つゆどき》になってしまったのは、新居《しんきょ》の建築《けんちく》が予定《よてい》より遅《おく》れたためである。

一年以上前《ねんいじょうまえ》の、とある日曜日《にちようび》、一家全員《いっかぜんいん》、つまり父《ちち》と母《はは》と姉《あね》と妹《いもうと》と私《わたし》が父《ちち》の運転《うんてん》する車《くるま》に乗《の》り、連《つ》れていかれた場所《ばしょ》は、畑《はたけ》と田《た》んぼが広《ひろ》がる典型的《てんけいてき》な田舎《いなか》の村《むら》だった。ここへ来る理由《りゆう》についいて、父《ちち》も母《はは》も私《わたし》たち子《こ》どもにはなんの説明《せつめい》もしなかった。よし、出《で》かけるぞ、という父《ちち》のひとことがすべての合図《あいず》で、私《わたし》は妹《いもうと》の手《て》を引《ひ》いて、車《くるま》の後部《こうぶ》座席《ざせき》に乗《の》り込《こ》んだのだった。休日《きゅうじつ》にマイカーのブルーバードを動《うご》かして家族《かぞく》でドライブに出《で》かけることはよくあったので、またどこかに連《つ》れていってもらえるのだろうと、深《ふか》くは考《かんが》えなかった。

家族《かぞく》の座席《ざせき》は基本的《きほんてき》に決《き》まっていて、運転席《うんてんせき》は父《ちち》、助手席《じょしゅせき》には母《はは》が座《すわ》る。後部座席《こうぶざせき》の右端《みぎはし》が一つ年上《としうえ》の姉《あね》の真紀子《まきこ》、真《ま》ん中《なか》が六歳年下《さいとしした》の妹《いもうと》の徳子《とくこ》、左端《ひだりはし》が私《わたし》だった。私《わたし》たち姉妹《しまい》は「○○ねえちゃん」という姉妹《しまい》の序列《じょれつ》がわかる呼《よ》び方《かた》はせず、「まきちゃん」「かなちゃん」「とっこちゃん」と、家族全員《かぞくぜんいん》で同《おな》じ呼《よ》び名《な》で話《はな》しかけた。

その日《ひ》も走《はし》り去《さ》る景色《けしき》をぼんやりと見《み》ながら、車《くるま》に乗《の》っていた。姉《あね》も同《おな》じふうだった。妹《いもうと》だけが車《くるま》に乗《の》り込《こ》んだとたん、腕《うで》をばたばたしたり、高《たか》い声《こえ》を上《あ》げたりしてやたらとはしゃいでいたが、しばらくするとことりと寝入《ねい》って、頭《あたま》を姉《あね》の膝《ひざ》の上《うえ》にあずけていた。家《いえ》を出《で》てから車《くるま》で一時間《じかん》ほど走《はし》り、田《た》んぼの続《つづ》く道《みち》からふと左《ひだり》に折《お》れ、山《やま》道《みち》へと入《はい》り、車《くるま》が停《と》まった。

着《つ》いたぞー、と言《い》いながら父《ちち》はサイドブレーキを引《ひ》いた。ここはどこなんだろう、と思《おも》いながら外《そと》に出《で》ると、木々《きぎ》がまばらに生《は》えている他《ほか》はなにもない荒《あ》れ地《ち》のような丘《おか》が、目《め》の前《まえ》に広《ひろ》がっていた。立《た》ちつくす私《わたし》たちに、父《ちち》はひとこと、ここに住《す》むんだぞ、とだけ言《い》って、荒《あ》れ地《ち》のなかに馴《な》れた様子《ようす》でざくざくと足《あし》を踏《ふ》み入《い》れていった。母《はは》は、目《め》をさましたばかりで足元《あしもと》のおぼつかない妹《いもうと》をよいしょっと小《ちい》さな声《こえ》を出《だ》して抱《だ》き上《あ》げて、父《ちち》に続《つづ》いた。

住《す》む？　ここに？

にわかには意味《いみ》がわからず、目《め》をぱちくりしつつ、まきちゃん、と姉《あね》に声《こえ》をかけた。

「ここに住《す》むって、どういうことや思《おも》う？」

「どういうことって、そういうことやろう」

言《い》いながら姉《あね》は、一度《いちど》後《うし》ろを振《ふ》り返《かえ》ってまぶしそうに顔《かお》をしかめた。

当時《とうじ》私《わたし》たちは、福岡市内《ふくおかしない》のしずかな住宅街《じゅうたくがい》にある団地《だんち》に住《す》んでいた。そこは父《ちち》の銀《ぎん》行《こう》の社宅《しゃたく》で、建物《たてもの》の前《まえ》を流《なが》れている川《かわ》が汚《よご》れてドブ川化《がわか》していたこと以外《いがい》は特《とく》に気《き》になることもなく、快適《かいてき》に暮《く》らしていたのに、父《ちち》が突然《とつぜん》、福岡県《ふくおかけん》の西《にし》の端《はし》にある田園地《でんえんち》帯《たい》の、雑木《ぞうき》や雑草《ざっそう》の生《お》い茂《しげ》る丘《おか》の上《うえ》の土地《とち》を買《か》い、そこに家《いえ》を建《た》てることにしたのだった。銀行《ぎんこう》に勤《つと》めていた父《ちち》は、仕事《しごと》の関係《かんけい》でこの辺《あた》りの土地《とち》に来《く》ることがよくあったらしい。そのうちに、どういうわけかこの土地《とち》のことが非常《ひじょう》に気《き》に入《い》り、便利《べんり》な立地《りっち》で格安《かくやす》の社宅《しゃたく》を出《で》てまでも、この村《むら》に家《いえ》を建《た》てて住《す》みたいと思《おも》ったのだ。そこで手《て》に入《い》れたのが、この雑木生《ぞうきお》い茂《しげ》る丘《おか》なのだった。なんの整備《せいび》もされていない荒《あ》れ地《ち》だったが、「昔《むかし》はここにお城《しろ》があったんだ」と父《ちち》がほこらしげに言《い》った。

初《はじ》めてその丘《おか》に連《つ》れていかれたのは、春《はる》まだ浅《あさ》い日《ひ》だった。日差《ひざ》しがあたればぽかぽかとあたたかかったけれど、ときおりふうっと吹《ふ》いてくる風《かぜ》は、まだ少《すこ》しひんやりとしていた。私《わたし》は、ここに住《す》むことになる、という事実《じじつ》がまったく実感《じっかん》できなくて、ただぼんやりと、遠《とお》くで鳴《な》く鳥《とり》の声《こえ》を聞《き》いていたのだった。

福岡市《ふくおかし》の西《にし》の佐賀県《さがけん》と接《せっ》するあたりに、人《ひと》の横顔《よこがお》の形《かたち》に似《に》た糸島半島《いとしまはんとう》がある。その半島《はんとう》のつけねにある田園地帯《でんえんちたい》が、父《ちち》が「ここに住《す》むんだぞ」と言《い》った「ここ」である。父《ちち》が言《い》っていた「お城《しろ》」とは奈良時代《ならじだい》にできた古城《こじょう》のことで、城《しろ》そのものはもうどこにもなかったが、かつて城《しろ》があったことはたしからしい。古墳《こふん》や土器《どき》のかけらなどもあちこちで見《み》つかった。

「さあ、今日《きょう》はいとへ行《い》くぞ」

父《ちち》も母《はは》も、そこを「いと」と呼《よ》んでいた。日曜日《にちようび》になると、たびたび「いと」に連《つ》れていかれた。家族五人《かぞくにん》で行《い》くこともあれば、姉《あね》と私《わたし》だけがついていくこともあった。パワーショベルが雑草《ざっそう》や低木《ていぼく》ごと土《つち》を持《も》ち上《あ》げ、整地《せいち》していく様子《ようす》を、私《わたし》はあぜんとして見《み》つめた。家《いえ》を建《た》てるということは、こんなところから始《はじ》まるのか、と驚《おどろ》いたのだった。

土地《とち》がひと通《とお》りならされると、思《おも》い切《き》りかけっこができるくらいの広場《ひろば》ができて、胸《むね》が高鳴《たかな》った。実際《じっさい》三人姉妹《にんしまい》で、きゃっきゃっと声《こえ》を出《だ》して走《はし》りまわったものだった。家《いえ》の土台作《どだいづく》りがはじまると、走《はし》りまわることは禁止《きんし》されてしまったけれど。

土台《どだい》が打《う》たれ、家《いえ》の建《た》つ場所《ばしょ》に間仕切《まじき》りのようなものができると、大工《だいく》さんが作業《さぎょう》をしていないときを見計《みはか》らって、ここ、だいどころー、ここ、おうせつまー、ここ、わたしのへやー、などと、姉《あね》と架空《かくう》の間取《まど》りごっこをした。大工《だいく》さんがカンナで一気《いっき》に削《けず》る木材《もくざい》から、魔法《まほう》のようにくるくると生《う》まれてくる紙《かみ》のような切《き》りくずがおもしろくて、その様子《ようす》に見入《みい》っていると、かなちゃん、口《くち》が開《あ》いてる、と姉《あね》にからかわれた。あわてて、む、と口《くち》を閉《と》じたが、集中《しゅうちゅう》して見《み》ているとまたぽかりと口《くち》が開《ひら》いてしまい、こんどは妹《いもうと》も一緒《いっしょ》になって笑《わら》われてしまったのだった。

作業《さぎょう》の過程《かてい》で生《しょう》じる半端《はんぱ》な木片《もくへん》を大工《だいく》さんがくれたので、積《つ》み木《き》のように重《かさ》ねたり並《なら》べたりして遊《あそ》んだ。のこぎりの跡《あと》が残《のこ》るざらざらした切《き》り口《くち》のふぞろいな形《かたち》の木片《もくへん》は、きれいに重《かさ》ねることはできなかったが、テキトーなモノをテキトーになんとかして、家《いえ》に見立《みた》てたり、学校《がっこう》に見立《みた》てたり、劇場《げきじょう》に見立《みた》てたり、どこか見知《みし》らぬ国《くに》の城《しろ》に見立《みた》てたり。どんなに長《なが》い時間《じかん》それを続《つづ》けても、なんだか飽《あ》きなかった。不要《ふよう》なものとしてはねのけられたモノに想像《そうぞう》で新《あたら》しい意味《いみ》を付《つ》け加《くわ》える作業《さぎょう》が、妙《みょう》に楽《たの》しいのだということを発見《はっけん》した気《き》がしたのだった。

午前中《ごぜんちゅう》から出《で》かけたときは、母《はは》が用意《ようい》してきたお弁当《べんとう》を、皆《みな》で食《た》べた。建築現場《けんちくげんば》の片隅《かたすみ》の石《いし》の上《うえ》にこしかけて食《た》べるおにぎりは、海苔《のり》がご飯《はん》にはりついて湿《しめ》っていたけれど、きれいな空気《くうき》ごといただく白《しろ》いご飯《はん》は、つめたくてもとびきりおいしかったし、丘《おか》の上《うえ》から見《み》える田園風景《でんえんふうけい》が、春《はる》から夏《なつ》、夏《なつ》から秋《あき》へとゆっくりと色《いろ》や姿《すがた》を変《か》えていくのを眺《なが》めるのは、ほんとうに気持《きも》ちがよかった。母《はは》が朝《あさ》あわてて焼《や》いた卵焼《たまごや》きの表《ひょう》面《めん》が、少《すこ》し焦《こ》げていたことなど、気《き》にならなかった。卵焼《たまごや》きは、いつもほんのりと甘《あま》かった。

家《いえ》の土台《どだい》ができたころ、水道《すいどう》がわりの井戸《いど》を掘《ほ》るためのボーリングが始《はじ》まった。もともとなんにも使《つか》っていない場所《ばしょ》だったので、水道《すいどう》は引《ひ》かれていなかったのだ。ものすごく背《せ》の高《たか》い機械《きかい》が持《も》ち込《こ》まれ、轟音《ごうおん》とともに進《すす》められていく工事《こうじ》に、なんだか圧《あっ》倒《とう》されてしまった。

井戸《いど》で水《みず》が汲《く》み上《あ》げられるようになることを、母《はは》は喜《よろこ》んでいた。井戸《いど》の水《みず》はとてもおいしいのだと、うっとりと言《い》った。田舎育《いなかそだ》ちの母《はは》は、井戸水《いどみず》を飲《の》んで育《そだ》ったのだ。初《はじ》めて都会《とかい》に出《で》てきたとき、水道《すいどう》の水《みず》のまずさにとてもおどろいたし、毎日《まいにち》それを飲《の》んでいるとほんとうに悲《かな》しくなったと、母《はは》は何度《なんど》も言《い》った。

井戸《いど》の水《みず》は家《いえ》の中《なか》に引《ひ》き、蛇口《じゃぐち》から直接出《ちょくせつで》るようになっていた。実際《じっさい》に初《はじ》めて飲《の》んだときには、水道《すいどう》の蛇口《じゃぐち》から出《で》てくる水《みず》よりも、つめたくてほんのり甘《あま》いような気《き》がした。水《みず》がおいしいってこういうことなのか、と生《う》まれて初《はじ》めて知《し》った私《わたし》は、水《みず》の違《ちが》いがわかる自分《じぶん》がほこらしい気分《きぶん》になったのだった。

できあがった家《いえ》は、四つの部屋《へや》と台所《だいどころ》と縁側《えんがわ》のある標準的《ひょうじゅんてき》な日本家屋《にほんかおく》だったが、平《たい》らにならされ、芝生《しばふ》がしきつめられた庭《にわ》は、鬼《おに》ごっこができるほど広《ひろ》かった。庭《にわ》の奥《おく》まったところはもとの地形《ちけい》を生《い》かして小高《こだか》い丘《おか》になっていた。そこに半分《はんぶん》は白《しろ》い砂《すな》をしきつめ、半分《はんぶん》はもともと生《は》えていた竹林《ちくりん》をそのまま残《のこ》し、丘《おか》の前《まえ》には井戸《いど》の水《みず》を一部引《いちぶひ》きこんで鹿威《ししおど》しを作《つく》っていた。ときどきそれが、カツンと音《おと》を響《ひび》かせるのを聞《き》くことができた。

こんなふうにあとからいろいろと凝《こ》ったことを付《つ》け加《くわ》えたりしたせいか、三月末《がつまつ》には終《お》わるはずだった工事《こうじ》が、五月《がつ》の終《お》わりまで延《の》びてしまったのだった。

一番問題《いちばんもんだい》に感《かん》じたのは、丘《おか》の上《うえ》に強引《ごういん》に家《いえ》を建《た》てただけに、家《いえ》の門《もん》の前《まえ》に作《つく》られた道《みち》が、日常生活《にちじょうせいかつ》で使《つか》うにはかなりな急勾配《きゅうこうばい》だったことである。普通《ふつう》に歩《ある》いて下《お》りるだけでつんのめりそうになった。自転車《じてんしゃ》で下《くだ》ると、命《いのち》がけのスピードとなる。

セメントで固《かた》められたその白《しろ》い私道《しどう》を下《お》りていくと、舗装《ほそう》されていない砂利道《じゃりみち》に出《で》る。ゆるやかな勾配《こうばい》のその道《みち》をしばらく下《お》りて広《ひろ》い道路《どうろ》につきあたる場所《ばしょ》に、咲子《さきこ》ちゃんの住《す》む大《おお》きな家《いえ》があった。

自分《じぶん》の家《いえ》に一番近《いちばんちか》い同級生《どうきゅうせい》は、不思議《ふしぎ》に自分《じぶん》にとって特別《とくべつ》に親《した》しい友達《ともだち》になる。近《ちか》くに住《す》む、というのはただの偶然《ぐうぜん》なのだけど、いつの間《ま》にか運命《うんめい》のように必然《ひつぜん》のものとなっていく気《き》がする。咲子《さきこ》ちゃんも、こんなに近《ちか》くに同《おな》い年《どし》の友達《ともだち》ができてうれしい、とにっこりと微笑《ほほえ》んで喜《よろこ》んでくれた。咲子《さきこ》ちゃんも私《わたし》と同《おな》じ三姉妹《しまい》の真《ま》ん中《なか》で、もともとの性格《せいかく》がよく似《に》ていたのかもしれない。おっとりとしたところのある咲子《さきこ》ちゃんとは自然《しぜん》に息《いき》が合《あ》うように気《き》が合《あ》って、顔《かお》を見《み》るだけで楽《たの》しい気分《きぶん》になれた。

咲子《さきこ》ちゃんの家《いえ》は農家《のうか》で、遊《あそ》びに行《い》くとおばあちゃんが梅《うめ》を干《ほ》したり、大根《だいこん》を洗《あら》ったり、両手《りょうて》に草《くさ》の束《たば》を持《も》って茣蓙《ござ》の上《うえ》でぶつけて胡麻《ごま》の実《み》を落《お》としたりといった作業《さぎょう》を庭先《にわさき》でしていた。

咲子《さきこ》ちゃんの家《いえ》の前《まえ》にのびている道《みち》は、山《やま》の森《もり》へ続《つづ》いていた。森《もり》に続《つづ》く道《みち》の途中《とちゅう》に、私《わたし》が住《す》むことになった家《いえ》への道《みち》が枝《えだ》のように右《みぎ》にのびている。道《みち》に立《た》って山《やま》の方《ほう》を眺《なが》めると、うっそうとした緑《みどり》が奥《おく》に見《み》えた。ゆるやかな上《のぼ》り坂《ざか》の道《みち》は、奥《おく》へ行《い》くほど細《ほそ》くなり、風《かぜ》に揺《ゆ》れる深《ふか》い緑《みどり》の森《もり》へしずかにのみこまれていくようだった。道《みち》の奥《おく》は、樹々《きぎ》の葉《は》が作《つく》る影《かげ》に閉《と》じこめられて、暗《くら》い穴《あな》のような闇《やみ》が見《み》えるばかりだった。

家《いえ》を建《た》てている間《あいだ》、何度《なんど》もその道《みち》を眺《なが》めた。母《はは》は私《わたし》たち姉妹《しまい》に、あまり遠《とお》くへ行《い》ったらいかんよ、とやわらかく制止《せいし》していた。両親《りょうしん》は、私《わたし》たち子《こ》どもを道《みち》の先《さき》に連《つ》れていってくれることはしなかった。私《わたし》たちも、知《し》らない村《むら》の知《し》らない森《もり》は、とてもこわくて遠《とお》い存在《そんざい》だった。

あの奥《おく》の道《みち》まで行《い》ってみようと、最初《さいしょ》に言《い》ったのは私《わたし》だった。なんども訪《たず》ねるうちに、この場所《ばしょ》に対《たい》する緊張感《きんちょうかん》がほどけてきたせいだろう。私《わたし》にそう声《こえ》をかけられた姉《あね》は、え、とひとこと小《ちい》さく言《い》って、目《め》を少《すこ》し見開《みひら》いた。夏《なつ》の強烈《きょうれつ》な暑《あつ》さが去《さ》り、涼《すず》しい風《かぜ》が吹《ふ》きはじめていたころだった。もう蟬《せみ》は鳴《な》いていない。心《こころ》なしか森《もり》を覆《おお》っている樹々《きぎ》もひところの命《いのち》の勢《いきお》いをひそめ、おだやかにうたたねをしながらそよいでいるようだった。

「あの、奥《おく》へ？」

姉《あね》は、眉間《みけん》にかすかにしわをよせて、まぶしそうに顔《かお》を上《あ》げ、森《もり》を見《み》つめた。

「ちょっとだけ。ね。とっこちゃんは、ねとるし」

母《はは》の弁当《べんとう》の昼食《ちゅうしょく》を済《す》ませたあとで、妹《いもうと》は、母《はは》と一緒《いっしょ》に車《くるま》にもどって昼寝《ひるね》をしていた。

父は現場《げんば》の人《ひと》との打《う》ち合《あ》わせで忙《いそが》しく、私《わたし》たちが何《なに》をしているかは眼中《がんちゅう》になかった。

私《わたし》と姉《あね》は、時間《じかん》をもてあましていたのだ。

「ちょっとだけ、ねえ」

そう口《くち》にすると、姉《あね》の眉間《みけん》のしわはさっと解《と》かれ、愉快《ゆかい》そうに口《くち》の端《はし》が上《あ》がった。

「ちょっとだけよ」は、当時《とうじ》テレビで流行《はや》っていたギャグのセリフでもあった。

「ちょっとだけよう」

私《わたし》はふざけてその口調《くちょう》を真似《まね》て言《い》った。

「ちょっとだけよう」

姉《あね》も一緒《いっしょ》に真似《まね》をして、くすくす笑《わら》った。ちょっとだけよう、ちょっとだけよう、と笑《わら》いながら、姉《あね》と私《わたし》は、森《もり》の奥《おく》へ奥《おく》へとかけだしていった。

遠《とお》くからは闇《やみ》に見《み》えた森《もり》の奥《おく》は、左右《さゆう》の木《き》に空《そら》を覆《おお》われているとはいえ、思《おも》っていたよりも明《あか》るく、道《みち》の草《くさ》も伸《の》びすぎないように手入《てい》れがされているらしく、おだやかな雰囲気《ふんいき》だった。

ふいに、明《あか》るい光《ひかり》が降《ふ》ってきた。道《みち》を覆《おお》っていた木《き》がとだえ、カラフルな色《いろ》が目《め》にとびこんできた。森《もり》の中《なか》に一軒《けん》の家《いえ》があり、家《いえ》の前《まえ》の庭《にわ》に黄色《きいろ》や白《しろ》やピンクの花々《はなばな》が植《う》えられていたのだった。家《いえ》の壁《かべ》は真《ま》っ白《しろ》で、オレンジ色《いろ》の三角《さんかく》の瓦屋根《かわらやね》には、煙突《えんとつ》が突《つ》き出《で》ていた。

「わあ、かわいい家《いえ》！」

思《おも》わず姉《あね》と一緒《いっしょ》に叫《さけ》んだ。花壇《かだん》のある開放的《かいほうてき》な庭《にわ》の真《ま》ん中《なか》には大《おお》きな木《き》がにょっきりと生《は》えていた。庭《にわ》の中《なか》に赤《あか》いバケツと深《ふか》い緑色《みどりいろ》のジョウロがおかれているのも見《み》えた。むぞうさに放置《ほうち》されていたようだったが、白《しろ》い壁《かべ》とオレンジ色《いろ》の屋根《やね》の家《いえ》との取《と》り合《あ》わせが、とてもおしゃれだと思《おも》った。奥《おく》の方《ほう》の壁《かべ》には、緑《みどり》の蔦《つた》が伸《の》びていた。

「日本《にほん》の家《いえ》やないみたい。前《まえ》に読《よ》んだ、童話《どうわ》の中《なか》に出《で》てくる魔女《まじょ》の家《いえ》みたい」

姉《あね》がまばたきをしながら言《い》う言葉《ことば》に、うん、うん、と何度《なんど》もうなずいた。

「すごいねえ。こんなところに。どんな人《ひと》が住《す》んどるんやろう」

おもわず引《ひ》き込《こ》まれるように庭《にわ》に足《あし》を踏《ふ》み入《い》れようとする私《わたし》の腕《うで》を、姉《あね》がつかんだ。

「かなちゃん、ダメ。よそのお家《うち》に勝手《かって》に入《はい》ったら」

もちろんそんなことは私《わたし》も頭《あたま》ではわかっていたが、好奇心《こうきしん》が理性《りせい》をおしのけて支配《しはい》していたため、腕《うで》をつかまれたまま、でもう、と言《い》って首《くび》をそっちの方《ほう》にのばしていた。

と、どなたあ？　という高《たか》い声《こえ》が奥《おく》から聞《き》こえて、私《わたし》たちは思《おも》わず、きゃっと声《こえ》を上《あ》げて逃《に》げるように、道《みち》の奥《おく》へと走《はし》り出《だ》した。

走《はし》りながら少《すこ》し冷静《れいせい》になった私《わたし》は、べつに逃《に》げることもなかったんじゃない、と姉《あね》に問《と》いかけたが、姉《あね》は真剣《しんけん》な横顔《よこがお》をくずさなかった。

そのまま無言《むごん》で走《はし》り続《つづ》ける姉《あね》に私《わたし》がついていく形《かたち》で、どんどん森《もり》の奥《おく》へと、私《わたし》たちは入《はい》っていったのだった。

姉《あね》が突然《とつぜん》、はっとした様子《ようす》で立《た》ち止《ど》まった。

「かなちゃん、鳥居《とりい》がある」

姉《あね》の目線《めせん》の先《さき》の、うす暗《ぐら》い道《みち》の向《む》こうに細《ほそ》い石《いし》の鳥居《とりい》がたしかに見《み》えた。

「ほんとや」

「神社《じんじゃ》があるんやね」

「行《い》く？」

「え……うん……」

「神社《じんじゃ》って、神様《かみさま》がおるところよね」

以前《いぜん》、信心深《しんじんぶか》い祖母《そぼ》から教《おし》えてもらったことだった。

「ちゃんと丁寧《ていねい》にご挨拶《あいさつ》した方《ほう》がいいよね」

「う、うん……」

姉《あね》はうなずきながら、目《め》が少《すこ》し泳《およ》いでいた。

「行《い》ってみようよ」

私《わたし》は、姉《あね》の手《て》をつかんだ。姉《あね》は反射的《はんしゃてき》に身体《からだ》をかたくして、足元《あしもと》を見《み》た。

「苔《こけ》だらけ……」

言《い》われて足元《あしもと》を見《み》ると、神社《じんじゃ》とこちら側《がわ》の世界《せかい》を隔《へだ》てるように小《ちい》さな川《かわ》が流《なが》れていて、かすかに湾曲《わんきょく》した石《いし》の橋《はし》がかかっていた。その石《いし》の橋《はし》が、びっしりと苔《こけ》むしていたのである。姉《あね》が私《わたし》の手《て》を握《にぎ》り返《かえ》してきた。

「ゆっくり、行《い》くとよ」

私《わたし》たちは少《すこ》し腰《こし》を落《お》とし、ゆっくりと慎重《しんちょう》に、深緑色《ふかみどりいろ》の苔《こけ》を踏《ふ》みながらその橋《はし》を渡《わた》った。

橋《はし》は鳥居《とりい》を抜《ぬ》ける参道《さんどう》に直接続《ちょくせつつづ》いていて、その道《みち》もびっしりと苔《こけ》で覆《おお》われていた。あまり人《ひと》が入《はい》らないところなのかな、と思《おも》いながら鳥居《とりい》をくぐり、そろそろと奥《おく》へと進《すす》んでいった。姉《あね》とはずっと手《て》をつないだままだった。

行《い》き止《ど》まりに小《ちい》さな社《やしろ》があり、その前《まえ》に小《ちい》さなさい銭箱《せんばこ》があった。こういうのって、ちゃんとおさい銭《せん》、あげた方《ほう》がいいんよね、と姉《あね》を頼《たよ》るようにその目《め》を見《み》たが、持《も》ってなかよ、お金《かね》なんて、と姉《あね》は視線《しせん》をはずして目《め》を伏《ふ》せた。えー、と残念《ざんねん》がる私《わたし》に、姉《あね》はきりりと向《む》き直《なお》り、じゃあ、かなちゃんはどうなん？　とつめよられてしまった。

「ない……」

私《わたし》は姉《あね》に向《む》けて両方《りょうほう》のてのひらを広《ひろ》げてみせた。姉《あね》は、ふうっと息《いき》を吐《は》いて、じゃあもう帰《かえ》ろう、と言《い》った。

「え、お祈《いの》りは？」

「だって、おさい銭箱《せんばこ》があるってことは、タダでお祈《いの》りしちゃいかん、ってことなんやけん」

そうなのか、と思《おも》いつつ名残惜《なごりお》しい気持《きも》ちがまさって、社《やしろ》の中《なか》をのぞきこんだ。中《なか》

には額縁《がくぶち》に収《おさ》められた写真《しゃしん》がいくつも貼《は》られていて、ふとその中《なか》の一人《ひとり》と目《め》が合《あ》った。紋付《もんつ》きの羽織《はおり》を着《き》た日本髪《にほんがみ》の女性《じょせい》で、きらり、とその目《め》が一瞬《いっしゅん》光《ひか》った。思《おも》わずきゃっと声《こえ》を上《あ》げてしまった。

「どうしたと?」

すでに社《やしろ》に背《せ》を向《む》けていた姉《あね》が振《ふ》り返《かえ》った。私《わたし》は腰《こし》が抜《ぬ》けたようになって、腰《こし》を低《ひく》く落《お》としたまま、あわあわと口《くち》を動《うご》かしながら、姉《あね》の方《ほう》に近《ちか》づいた。

「ひ、ひ、ひ、ひかった、ひかったと! 目《め》が、ひかったと!」

「なんいいようと」

「や、やしろの、中《なか》の、人《ひと》の、目《め》が……」

「ほんとに!? な、中《なか》に、人《ひと》がおると!?」

「ちがうちがう。ほんとの人《ひと》やなくって、しゃ、写真《しゃしん》、なんやけど、その、写真《しゃしん》の着《き》物《もの》の女《おんな》の人《ひと》の目《め》が、目《め》が光《ひか》ったと!」

姉《あね》にすがりつくように抱《だ》きついたが、ぼうぜんと立《た》ちつくす姉《あね》の顔《かお》は真《ま》っ青《さお》だった。

「来《く》るな、いいようと」

「ん?」

「うちら、まだよそもんやもん。まだ住《す》んでないっちゃもん。まだこんなところ来《き》たらいかんかったんよ」

「ほんとに？」

「もどろ。今《いま》すぐ！」

姉《あね》は、言《い》うなり踵《きびす》を返《かえ》してかけだした。

「あ、待《ま》って」

あわてて姉《あね》のあとを私《わたし》は追《お》いかけた。鳥居《とりい》をふたたびくぐり、苔《こけ》むした石《いし》の橋《はし》を渡《わた》ろうとしたところで、つるり、と足《あし》の裏《うら》がすべった。川《かわ》におっこちる、と目《め》をつぶった瞬間《しゅんかん》に、手《て》をぐっと引《ひ》かれた。姉《あね》が手《て》を取《と》ってくれたのだ。しかし、勢《いきお》いあまって道《みち》の方《ほう》に二人《ふたり》して倒《たお》れ込《こ》んでしまった。思《おも》い切《き》り膝《ひざ》を打《う》ち、肘《ひじ》を擦《こす》った。

転《ころ》んだ瞬間《しゅんかん》は、わけがわからなかったが、緊張《きんちょう》がぷつんと切《き》れたとたん、じわじわと怖《こわ》さと痛《いた》みにおそわれて、うわあっと声《こえ》を上《あ》げて泣《な》いてしまった。かなちゃん、こんなとこで泣《な》いたらいかん、と姉《あね》がなだめてくれる声《こえ》は聞《き》こえたけれど、吹《ふ》きだした「泣《な》き」は、自分《じぶん》でも止《と》めることができなかった。

「だいじょうぶう～」

姉《あね》とは違《ちが》う、やわらかな声《こえ》がかすかに聞《き》こえた。誰《だれ》の声《こえ》だろう、と考《かんが》え始《はじ》めると、胸《むね》を支配《しはい》していた「泣《な》き」反応《はんのう》が薄《うす》れていき、しゃっくりに変《か》わっていった。

「あらあ、おじょうちゃんたち、だいじょうぶ？　転《ころ》んじゃったの？」

顔《かお》を上《あ》げて目《め》を開《ひら》くと、一人《ひとり》のおばあさんの顔《かお》が目《め》の前《まえ》にあった。ふわふわの灰色《はいいろ》の髪《かみ》をしていて、白《しろ》いシャツの上《うえ》から青《あお》い細《ほそ》い線《せん》の入《はい》ったサロペットを着《き》ていた。眼鏡《めがね》の奥《おく》の瞳《ひとみ》はうすい茶色《ちゃいろ》で、透《す》きとおっていた。

「おひざ、怪我《けが》しちゃっているわねえ。お手当《てあ》てしてあげますから、うちにいらっしゃい。すぐそこなのよ」

白《しろ》い顔《かお》にたくさんのしわを寄《よ》せて、おばあさんがにっこりと笑《わら》った。

いえ、そんな、だいじょうぶです、と遠慮《えんりょ》する姉《あね》や私《わたし》におかまいなしに、いいからいいから、子《こ》どもは遠慮《えんりょ》なんてするものじゃないのよ、と言《い》いながら私《わたし》の手《て》をやさしい力《ちから》で引《ひ》いていった。あたたかくて、とてもやわらかい手《て》だった。

「わたしの名前《なまえ》はね、ハルっていうのよ。みんなにおハルさんって呼《よ》ばれてるの。ほら、あの家《いえ》よ」

おハルさんの指《ゆび》の先《さき》に、さっきここへ来《く》る途中《とちゅう》で見《み》かけた、白《しろ》い壁《かべ》にオレンジ色《いろ》の屋根《やね》の、あのかわいい家《いえ》があった。

おハルさんのやさしい笑顔《えがお》と、ふっくらした手《て》に誘《さそ》われて、私《わたし》たち姉妹《しまい》は、おハルさんの家《いえ》の中《なか》に入《はい》っていった。中《なか》に入《はい》ったとたん、春《はる》の花《はな》のような、ふんわりしたいい匂《にお》いにつつまれた。白《しろ》いレースのカーテンごしに外《そと》から入《はい》ってきた光《ひかり》が、赤《あか》いギンガムチェックの布《ぬの》をかけたテーブルクロスの上《うえ》にあたっていた。カーテンにもテーブルクロスにも、花《はな》や鳥《とり》や虫《むし》の刺繍《ししゅう》が散《ち》っていて、とてもかわいかった。

そこに座《すわ》っていてね、とおハルさんに指示《しじ》された焦《こ》げ茶色《ちゃいろ》の木《き》の椅子《いす》に、私《わたし》は座《すわ》った。いろいろな花柄《はながら》の布《ぬの》を縫《ぬ》い合《あ》わせてもこもこしたふくらみのあるクッションが、お尻《しり》に気持《きも》ちよかった。姉《あね》は立《た》ったまま、壁《かべ》にかけてある写真《しゃしん》を熱心《ねっしん》に見《み》つめていた。みな白黒《しろくろ》の写真《しゃしん》で、写《うつ》っている人《ひと》は日本人《にほんじん》だけではなくて、白人《はくじん》や黒人《こくじん》の人《ひと》もいるし、その顔《かお》も無表情《むひょうじょう》だったり、思《おも》い切《き》り笑《わら》っている顔《かお》だったり、泣《な》きそうだったり、いろいろだった。

おハルさんは、ちょっと待《ま》っててておくんなさいね、すぐに消毒《しょうどく》してさしあげますする、とわざと少《すこ》し古《ふる》めかしい言《い》いかたをしながら眉《まゆ》を少《すこ》し上《あ》げ、奥《おく》の部屋《へや》に消《き》えた。そうだ、膝《ひざ》の傷《きず》を手当《てあ》てしてもらうためにここに来《き》たのだ、と思《おも》いだしたとたん、じわりと痛《いた》くなってきた。

おハルさんは、銀《ぎん》のお盆《ぼん》に絞《しぼ》ったおしぼりを載《の》せたものと、十字《じゅうじ》のマークが入《はい》った救急箱《きゅうきゅうばこ》を下《さ》げて戻《もど》ってきた。あたたかな湯気《ゆげ》の立《た》つおしぼりを、一枚《まい》は姉《あね》に、もう一枚《まい》を私《わたし》に手《て》わたしたあと、最後《さいご》の一枚《まい》を土《つち》のついていた膝《ひざ》の傷《きず》の上《うえ》にそっとのせ、少《すこ》しだけ力《ちから》を入《い》れた。膝《ひざ》がじわっとあたたかくなって、気持《きも》ちがよかった。

そのあと砂《すな》を落《お》とすようにさっとなでてから、おハルさんは少《すこ》し湿《しめ》った私《わたし》の傷《きず》に顔《かお》を近《ちか》づけて、ふうっと吹《ふ》いて、アウェイアウェイアウェイ、とうたうようにつぶやいた。なんだろうと思《おも》って目《め》をぱちくりすると、おハルさんはにっこりと笑《え》みを浮《う》かべて、これはね、傷《きず》が早《はや》く乾《かわ》いて、わるいものがぜんぶ風《かぜ》にのって飛《と》んでいくおまじないよ、と教《おし》えてくれた。

「いたいのいたいの、とんでいけ、やね」姉《あね》が振《ふ》り返《かえ》ってうれしそうに言《い》った。

そのあとおハルさんは、透明《とうめい》な消毒液《しょうどくえき》を浸《ひた》したガーゼの上《うえ》から乾《かわ》いたガーゼを当《あ》て、白《しろ》い紙《かみ》テープでぴったりと止《と》めてくれた。

「どうもありがとうございます」

姉《あね》と同時《どうじ》にふかぶかと頭《あたま》を下《さ》げてお礼《れい》を言《い》った。おハルさんは、あらあら、礼儀正《れいぎただ》しいお嬢《じょう》さんたちですね、と言《い》って微笑《ほほえ》んだ。

「おハルさんのお家《うち》、とってもすてきですね。かわいいものばっかりで」姉《あね》の目《め》が輝《かがや》いていた。

「ありがとう。こんなおばあちゃんですけどね、かわいいものに囲《かこ》まれるのが、とってても好《す》きなの。かわいいものがまわりにたくさんあるとね、やさしい気持《きも》ちになれるでしょう」

姉《あね》と二人《ふたり》でこっくりとうなずくと、かわいいものはお好《す》きね？　と念《ねん》を押《お》すように言《い》われた。もちろんです！　と姉《あね》が代表《だいひょう》して興奮気味《こうふんぎみ》に答《こた》えると、じゃあねえ、と歌《うた》うように言《い》いながらまた奥《おく》へと去《さ》っていった。

と、足《あし》もとにふわりとなにかがふれた。

「あ、猫《ねこ》！」

白《しろ》と黒《くろ》と茶色《ちゃいろ》の三毛猫《みけねこ》だった。私《わたし》の方《ほう》にちらりと視線《しせん》をむけたあと、すっとしっぽを立《た》てておハルさんのあとについていった。

「あ、こっちにもおるよ、猫《ねこ》」

姉《あね》が言《い》う方《ほう》を見《み》ると、深緑色《ふかみどりいろ》のべっちんのソファーに重《かさ》ねられた、花《はな》のクロスステッチ刺繍《ししゅう》の入《はい》ったクッションの間《あいだ》に、うす茶色《ちゃいろ》のしましまの猫《ねこ》がすやすや眠《ねむ》っていた。

「ほんとだあ。さっきからおったんかなあ。気《き》づかなかった」

「外《そと》にもおる！」

大《おお》きなガラスの引《ひ》き戸《ど》の向《む》こうに、色《いろ》とりどりの花《はな》の咲《さ》く庭《にわ》が見《み》える。その花《はな》の間《あいだ》を悠然《ゆうぜん》と黒猫《くろねこ》が歩《ある》いていた。

玄関《げんかん》の扉《とびら》の下《した》から白《しろ》い顔《かお》の猫《ねこ》がひょこんと現《あらわ》れた。猫用《ねこよう》の通路《つうろ》が作《つく》ってあるのだった。白《しろ》い猫《ねこ》は、部屋《へや》に入《はい》ってくるなり、にゃあ、とひと声鳴《こえな》いてソファーにジャンプし、しましまの猫《ねこ》のそばにうずくまって目《め》を閉《と》じた。と、おハルさんがさっきの三毛《みけ》猫《ねこ》を引《ひ》き連《つ》れて戻《もど》ってきた。

「猫《ねこ》が、たくさんおるとですね」

「そう、猫《ねこ》と子《こ》どもはこの家《いえ》では出入《でい》り自由《じゆう》なのよ」

おハルさんは、ウィンクをした。

「子《こ》どもも、ですか……？」

「そうよ」

「じゃあそのう、また遊《あそ》びにきても、いいですか？」

「もちろんよ。かわいいものが好《す》きな、かわいいお嬢《じょう》さんは、さらに大歓迎《だいかんげい》よ」

「また来《き》ます！　私《わたし》たち、もうすぐここに住《す》むんです！」

「じゃあ、あそこに家《いえ》を建《た》ててる山田《やまだ》さんのお嬢《じょう》さんたちなのね。そうだと思《おも》ったわ」

「私《わたし》たちの名前《なまえ》、どうして知《し》っとうと？」

「こういう田舎《いなか》はね、なんでもわかっちゃうのよ」

「そうなんですか」

「こんな田舎《いなか》に、すてきなお家《うち》が建《た》って、すてきな人《ひと》たちに暮《く》らしてもらえて、うれしいわ。かわいい娘《むすめ》さんが三人《にん》いるって、お父様《とうさま》にお会《あ》いしたとき聞《き》いたのよ。えーと、あなたが一番上《いちばんうえ》のおねえさまかしら」

「はい、真紀子《まきこ》といいます」

きまじめに姉《あね》が答《こた》えると、まきちゃんねえ、と、おハルさんはその頭《あたま》をなぜた。あ、私《わたし》もいい子《こ》いい子《こ》してもらえるのか、と思《おも》いながら、私《わたし》は、加奈子《かなこ》です、と肩《かた》をすくめて言《い》うと、かなちゃんねえ、と思《おも》った通《とお》り頭《あたま》をやわらかくなぜてくれた。もうちっちゃい子《こ》でもないのに、と思《おも》って照《て》れ臭《くさ》かったけど、一瞬猫《いっしゅんねこ》になれた気《き》がした。

「では、まきちゃん、かなちゃん、お近《ちか》づきのしるしに、これをどうぞ」

おハルさんは、リボンのかけられた二つの包《つつ》みを取《と》りだした。

「お姉《ねえ》さんは水色《みずいろ》のリボン。妹《いもうと》さんは、ピンクのリボン」

それぞれの色《いろ》のリボンの包《つつ》みを受《う》け取《と》りながら、どうして私《わたし》たちの好《す》きな色《いろ》がわかるんですか？　と姉《あね》がふしぎそうに尋《たず》ねた。私《わたし》も同《おな》じ気《き》持《も》ちだった。姉《あね》は水色《みずいろ》、私《わたし》はピンクのものにこだわって、小物《こもの》はそれぞれの色《いろ》を意《い》識《しき》して選《えら》んでいたのだ。でもそのとき私《わたし》たちは小物《こもの》を持《も》っておらず、着《き》ていた服《ふく》にはこだわりの色《いろ》のものはなかった。おそろいで頭《あたま》に留《と》めていたピンの上《うえ》の小《ちい》さな花《はな》が、それぞれの好《す》きな色《いろ》だっただけだ。

「うふふ、カンよ、女《おんな》のカン」

「中《なか》、あけてみてもいいですか？」

「ええ、もちろん」

ピンクのリボンをほどいて包《つつ》みを開《あ》けると、真《ま》っ白《しろ》なハンカチが現《あらわ》れた。まわりにぐるりと白《しろ》い飾《かざ》りレースがつけてあり、ピンク色《いろ》のウサギのワンポイント刺《し》繍《しゅう》がしてあった。姉《あね》がもらったものには、水色《みずいろ》の小鳥《ことり》が刺《し》繍《しゅう》してあった。ふちどりのレースは、白《しろ》と水色《みずいろ》のグラデーションになっていた。

「こういうもの、よく作《つく》ってるのだけど、ちょうどあなたたちのイメージにぴったりだと思《おも》ったものをこの間作《あいだつく》ったばっかりだったから、うれしくなって。あなたたちがここにこうして来《き》てくれるのを、予感《よかん》していたのかもしれないわ」

「これ、ぜんぶおハルさんが作《つく》ったんですか？」

「そうなの。こういう、かわいいものを作《つく》るのが、とても好《す》きなのよ。好《す》きなことをしてできたものだから、もらっていただけるかしら」

「すてき……」

森《もり》の中《なか》のすてきな魔法使《まほうつか》いにすてきなプレゼントをされたような気分《きぶん》だった。そのとき、ふと、気《き》になることが頭《あたま》をよぎった。

「あのう、おハルさん。実《じつ》は、私《わたし》たちには、もう一人《ひとり》、妹《いもうと》がいるんです。そのう、私《わたし》たちだけがこんなにいいものもらっちゃったら……そのう……」

「あら、まあ。妹《いもうと》さんに、ずるーいって、言《い》われちゃう？」

「かなちゃん、そんなの、気《き》にせんでいいよ。とっこちゃんには黙《だま》っとけばよかよ」

姉《あね》が私《わたし》の肩《かた》に手《て》をおいた。その手《て》の上《うえ》に、おハルさんの大《おお》きな白《しろ》いてのひらが重《かさ》ねられた。

「こんどは、とっこちゃんを連《つ》れていらっしゃいな。そうしたらとっこちゃんのイメージにぴったりなものを用意《ようい》しておくわよ。とりあえずはそうね、なにか……」

「いえ、そんな、妹《いもうと》の分《ぶん》もって、催促《さいそく》したわけじゃないです。こんなにすてきなものを、今日《きょう》初《はじ》めて会《あ》った人《ひと》からもらってきたら、その、お母《かあ》さんも、そんなあつかましいことしちゃいけませんって、言《い》うやろうし……」

おハルさんは両手《りょうて》を広《ひろ》げて私《わたし》をふんわりと抱《だ》きしめた。ほんのり甘《あま》い匂《にお》いがした。

「猫《ねこ》と子《こ》どもは遠慮《えんりょ》なんてしなくていいのよ。大人《おとな》があげますよって言《い》ったものは、よけいなことは考《かんが》えずにもらってあげたらいいのよ。大人《おとな》は、あなたたちのうれしそうな顔《かお》がいちばんうれしいんだから」

「はい……」

おハルさんの腕《うで》の中《なか》で、顔《かお》がものすごく熱《あつ》くなった。顔《かお》ぜんぶが真《ま》っ赤《か》っかになっていたにちがいない。

「妹《いもうと》さんに」と持《も》たされた瓶《びん》入《い》りのぶどうジャムを抱《かか》えて、私《わたし》たちは森《もり》の中《なか》の家《いえ》を出《で》た。このあたりで収穫《しゅうかく》された採《と》れたてのぶどうを、おハルさんがことことことと、長《なが》い時間《じかん》をかけて煮詰《につ》めて作《つく》ったものだそうだ。

道《みち》を歩《ある》くとき、私《わたし》は思《おも》わず姉《あね》の手《て》を取《と》った。

「とっこちゃんには、やっぱりハンカチのことは黙《だま》っておかんとね」

姉《あね》はまっすぐに前《まえ》を向《む》いたままそう言《い》い、手《て》をぎゅっと握《にぎ》り返《かえ》してきた。私《わたし》がうん、と低《ひく》い声《こえ》で答《こた》えると、ちゃんと引《ひ》っ越《こ》したら、とっこちゃんもいつでも連《つ》れていけばいいし、と姉《あね》は言《い》った。

「うん。ちゃんと引《ひ》っ越《こ》したら」

下《くだ》りの道《みち》をゆっくり歩《ある》きながら、姉《あね》が口《くち》にした言葉《ことば》を繰《く》り返《かえ》しながら、空《そら》を見《み》た。

陽《ひ》が落《お》ちかかった広《ひろ》い空《そら》が淡《あわ》い桃色《ももいろ》にそまっていて、とてもきれいだな、と思《おも》った。こんなにたくさん空《そら》が見《み》えるところで暮《く》らすのか、と思《おも》いはじめると、あのきれいな空《そら》が胸《むね》の中《なか》で膨張《ぼうちょう》してくるようで、うれしいような苦《くる》しいような、なんとも言《い》えない感《かん》じにおそわれたのだった。

帰宅《きたく》すると、ぶどうジャムは母《はは》にわたし、ハンカチは姉以外《あねいがい》の家族《かぞく》に見《み》つからないように、かばんの底《そこ》にしずかに押《お》し込《こ》んだ。

翌日食《よくじつしょく》パンにつけて食《た》べたおハルさんのぶどうジャムは、それはもうすこぶるおいしかった。舌《した》の細胞《さいぼう》にすうっとしみこんでいくようななめらかなジャムの中《なか》に、ぶどうのエキスがぎゅうっとつまっていて、こんなに味《あじ》わい深《ぶか》い甘《あま》さを感《かん》じたのは、初《はじ》めてだった。

「おいしー、おいしー」と、妹《いもうと》は食《た》べながらはしゃぎ、いつもは食《しょく》パンの半分《はんぶん》も食《た》べなかったりするのに、ぶどうジャムをつけた食《しょく》パンは、二枚《まい》もぺろりと、食《た》べてしまったのだった。

「ぶどうジャム。とっこちゃんにすごい威力《いりょく》」

姉《あね》がそう言《い》うと、いりょくって？　と、ぷっくりふくらんだおなかを押《お》さえながら、妹《いもうと》がきょとんと言《い》った。

忘《わす》れられないぶどうジャムとともに、森《もり》の中《なか》に住《す》むおハルさんのことも、記憶《きおく》に強《つよ》く残《のこ》ったのだった。

君《きみ》たちに伝《つた》えたいこと

［作］日野原重明《ひのはらしげあき》　［絵］須山奈津希《すやまなつき》

君《きみ》が今《いま》、十二歳《さい》あたりだとすれば、九十七歳《さい》を過《す》ぎた私《わたし》の年齢《ねんれい》は、君《きみ》のおよそ八倍《ばい》です。時間《じかん》の長《なが》さについてだけいえば、君《きみ》が今日《きょう》まで生《い》きてきた年月《ねんげつ》を、私《わたし》はもうすでに八回《かい》もくり返《かえ》してきたことになります。

さて、君《きみ》のおよそ八倍長《ばいなが》く生《い》きている私《わたし》から、君《きみ》に「寿命《じゅみょう》」の話《はなし》をすることにしましょう。

「寿命《じゅみょう》」とは何《なに》かな。寿命《じゅみょう》とは、生《い》きている人《ひと》の命《いのち》の長《なが》さのことなんです。つまり、その人《ひと》にあたえられた、生《い》きることについやすことのできる「時間《じかん》」です。

それは、生《う》まれたときに、

「はい、君《きみ》は日本人《にほんじん》ですね。では、今《いま》のところ、日本人《にほんじん》の平均寿命《へいきんじゅみょう》は何歳《なんさい》ですから、何年分《なんねんぶん》の時間《じかん》をさしあげましょう。」

と、平均寿命《へいきんじゅみょう》に見合《みあ》った時間《じかん》をぽんと手《て》わたされるようなものではありません。それではまるで、生《う》まれたしゅんかんから寿命《じゅみょう》という持《も》ち時間《じかん》をどんどんけずっていくようで、なんだか生《い》きていくのがさみしい感《かん》じがしてきます。

私《わたし》がイメージする寿命《じゅみょう》とは、手持《ても》ち時間《じかん》をけずっていくというのとはまるで反対《はんたい》に、寿命《じゅみょう》という大《おお》きな空《から》っぽのうつわの中《なか》に、精《せい》いっぱい生《い》きたいっしゅんいっしゅんをつめこんでいくイメージです。

ぼんやりして時間《じかん》を過《す》ごそうが、何《なに》かに没頭《ぼっとう》して過《す》ごそうが、時間《じかん》をどう使《つか》うかは、一人一人《ひとりひとり》の自由《じゆう》に委《ゆだ》ねられています。

もちろん、今《いま》の君《きみ》の一日《にち》は、学校《がっこう》での授業《じゅぎょう》や塾《じゅく》やおけいこごとでぎっしりスケジュールが組《く》まれているかもしれません。それでも、その決《き》められた時間《じかん》を集中《しゅうちゅう》して過《す》ごすか、いねむりしながら過《す》ごすかは、君《きみ》しだいです。その時間《じかん》の質《しつ》、つまり、時間《じかん》の中身《なかみ》を最終的《さいしゅうてき》に決《き》めているのは、君自身《きみじしん》だということです。

時間《じかん》というものは、止《と》まることなく常《つね》に流《なが》れています。けれども時間《じかん》というのは、ただの入《い》れ物《もの》にすぎません。そこに君《きみ》が何《なに》をつめこむかで、時間《じかん》の中身《なかみ》、つまり時間《じかん》の質《しつ》が決《き》まります。君《きみ》が君《きみ》らしく、いきいきと過《す》ごせば、その時間《じかん》はまるで君《きみ》に命《いのち》をふきこまれたように生《い》きてくるのです。

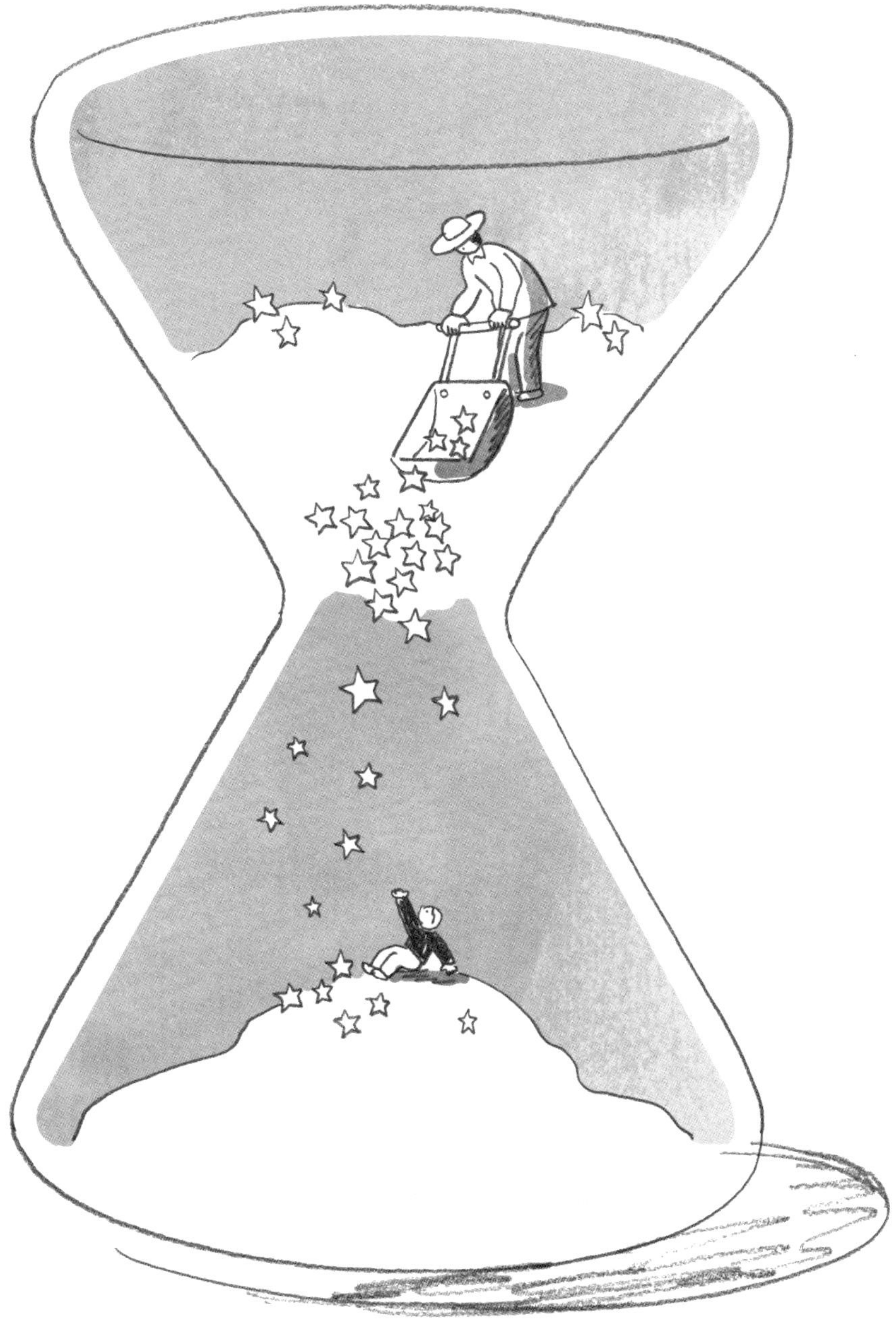

私《わたし》がこれから先《さき》、生《い》きていられる残《のこ》り時間《じかん》は、君《きみ》に比《くら》べるとずっと短《みじか》いでしょう。けれども、それだけにいっそう、いっしゅんいっしゅんの時間《じかん》をもっと意識《いしき》して、もっとだいじにして、精《せい》いっぱい生《い》きたいと思《おも》っています。

そして、できることなら、寿命《じゅみょう》という私《わたし》にあたえられた時間《じかん》を、自分《じぶん》のためだけに使《つか》うのではなく、少《すこ》しでもほかの人《ひと》のために使《つか》う人間《にんげん》になれるようにと、私《わたし》は努力《どりょく》しています。

なぜなら、ほかの人《ひと》のために時間《じかん》を使《つか》えたとき、時間《じかん》はいちばん生《い》きてくるからです。

君《きみ》が生《う》まれたときに、君《きみ》の周《まわ》りにいた人《ひと》たちがどんなに幸《しあわ》せに包《つつ》まれたかを、君《きみ》は想像《そうぞう》したことがありますか。

小《ちい》さな君《きみ》が笑《わら》うたびに、きっと君《きみ》のそばにいただれもが思《おも》わずにっこりとほほえみを返《かえ》したことでしょう。君《きみ》が体《からだ》いっぱいで泣《な》いていれば、そばにいた人《ひと》たちは、どんなに用事《ようじ》でいそがしくとも、その手《て》を止《と》めて、君《きみ》のもとにかけ寄《よ》ったことでしょう。

そうやって君《きみ》のお世話《せわ》をすることが、そばにいた人《ひと》たちにはときどきとてもつかれてしまうことであっても、そうすることはそばにいた人《ひと》たちにとって、ほかの何《なに》ものでも味《あじ》わうことのできない喜《よろこ》びでもあったのだと思《おも》いますよ。だから、どんなにいそがしくても、つかれていても、小《ちい》さな君《きみ》のためなら、そばにいた人《ひと》たちは精《せい》いっぱいつくしてくれたのです。

なぜ、そうやって君《きみ》を世話《せわ》することで喜《よろこ》びがわいてくるのか。そして、それがどんな喜《よろこ》びだったのか分《わ》かりますか。それは、自分《じぶん》の時間《じかん》を純粋《じゅんすい》に君《きみ》のために使《つか》っていたからこそ、わいてくる喜《よろこ》びだったのです。

ほかの人《ひと》のために自分《じぶん》の時間《じかん》を使《つか》うということは、自分《じぶん》の時間《じかん》がうばわれて、損《そん》をすることではないのです。それどころか、ほかのことでは味《あじ》わえない特別《とくべつ》な喜《よろこ》びで心《こころ》がいっぱいに満《み》たされるのです。こんなに大《おお》きなお返《かえ》しをもらえることなんて、めったにありません。

私《わたし》が自分《じぶん》の時間《じかん》をほかの人《ひと》のために使《つか》うことに努力《どりょく》している理由《りゆう》が、これで君《きみ》にも分《わ》かったでしょう。だから、私《わたし》は君《きみ》にも、ぜひそうしてみることをおすすめします。

さて、ここまで私《わたし》は、寿命《じゅみょう》という時間《じかん》の使《つか》い方《かた》についてお話《はな》ししてきました。時間《じかん》というものはただの入《い》れ物《もの》にすぎないのであって、そこに君《きみ》が命《いのち》を注《そそ》いで時間《じかん》を生《い》かすことがだいじだ、という話《はなし》をしましたね。そして、自分《じぶん》のためだけでなく、ほかの人《ひと》のために時間《じかん》を使《つか》えるようであってほしいとお話《はな》ししました。

でも、長《なが》い人生《じんせい》においては自分《じぶん》の思《おも》うとおりにはいかないこともたくさん出《で》てきます。君《きみ》が自分《じぶん》で選《えら》び取《と》ったわけでもないのに、つらくて悲《かな》しいことにも出会《であ》わなければならない日《ひ》が、この先《さき》にはあるかもしれません。そんなときには、いつもの君《きみ》のように、前向《まえむ》きに物事《ものごと》を考《かんが》えたり、かっこよく過《す》ごしたりなんて、とてもできなくなりますね。悲《かな》しいときの自分《じぶん》なんて消《け》してしまいたいと思《おも》うことさえあるかもしれません。

でも、そんなときにも、忘《わす》れないでいてほしいことがあります。うれしいときだけが「君《きみ》」ではありませんよ。笑《わら》っているときの君《きみ》だけが「君《きみ》」ではありませんね。悲《かな》しいときの君《きみ》も、はずかしくて消《き》えてなくなりたいと思《おも》うときの君《きみ》も「君《きみ》」なのです。

だから、つらいときや悲《かな》しいときの自分《じぶん》も大切《たいせつ》にしなければなりません。成功《せいこう》して喜《よろこ》びでいっぱいになっているときの君《きみ》も、失敗《しっぱい》してなみだを流《なが》す君《きみ》も「君《きみ》」です。どんなときの自分《じぶん》もだいじにすること、自分《じぶん》のことをいつも大好《だいす》きだと思《おも》っていること、これはとても大切《たいせつ》なことです。だから、決《けっ》して忘《わす》れないでいてください。

君《きみ》が生《う》まれてきて、今《いま》ここに、こうして同《おな》じときを生《い》きていけるということは、とてもうれしいことであり、一つの奇跡《きせき》のようにすばらしいことなのです。今《いま》、私《わたし》が君《きみ》にこうして語《かた》りかけることができるのも、君《きみ》がそこにいて、私《わたし》がここにいるからでしょう。それは本当《ほんとう》にすてきなことなのです。

考《かんが》えを深《ふか》める

お話《はなし》のポイント

この本《ほん》にのっているお話《はなし》を通《とお》して、考《かんが》える力《ちから》を身《み》につける読《よ》み方《かた》のポイントを紹介《しょうかい》します。お話《はなし》のポイントに注目《ちゅうもく》してもう一度《いちど》読《よ》んでみると、あたらしい気《き》づきがあるかもしれません。お話《はなし》を「考《かんが》え」ながら読《よ》むことで、より面白《おもしろ》く読《よ》むことができるようになっていき、国語《こくご》が得意《とくい》になります。

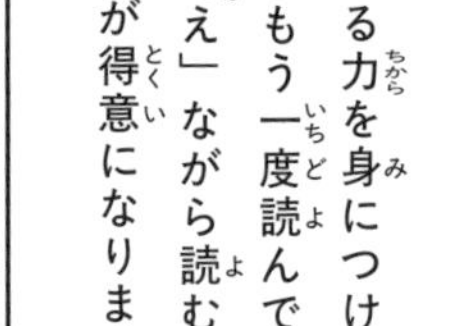

筑波《つくば》大学《だいがく》附属《ふぞく》小学校《しょうがっこう》
国語科《こくごか》教諭《きょうゆ》　白坂《しらさか》 洋一《よういち》

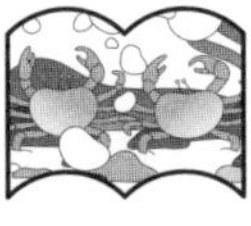

やまなし

- 五月《がつ》の場面《ばめん》と十二月《がつ》の場面《ばめん》で変化《へんか》しているところや違《ちが》っているのはどんなところだろう？
- 「私《わたくし》の幻燈《げんとう》はこれでおしまいであります。」の「私《わたくし》」とは誰《だれ》だろう？　そして、このような書《か》き方《かた》をしているのはなぜだか考《かんが》えてみよう。

あの坂《さか》をのぼれば

・くりかえされる「――あの坂《さか》をのぼれば、海《うみ》が見《み》える」という言葉《ことば》には少年《しょうねん》のどのような気《き》もちがあらわれているだろう？

・風景《ふうけい》と少年《しょうねん》の気《き》もちの結《むす》びつきを考《かんが》えてみよう。

きつねの窓《まど》

・「ぼく」が不思議《ふしぎ》な非日常《ひにちじょう》の世界《せかい》に入《はい》り込《こ》んだのはどこからだろう？　そして、日常《にちじょう》の世界《せかい》に戻《もど》ったのはどこからだろう？

・子《こ》ぎつねが「ぼく」に指《ゆび》をそめるようにいったのはどうしてだろう？　そして、「鉄砲《てっぽう》をください」といったのはどうしてだろう？

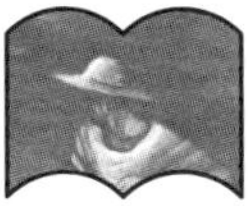

海《うみ》のいのち

・太一《たいち》がクエをうたなかったのはなぜだろう？

・太一《たいち》がクエとの出来事《できごと》を生《しょう》がいだれにも話《はな》さなかったのはなぜだろう？

グスコーブドリの伝記《でんき》

- 登場人物《とうじょうじんぶつ》の気《き》もちはどのように変化《へんか》しているだろう？
- 面白《おもしろ》いと思《おも》った表現《ひょうげん》を見《み》つけてみよう。なぜ面白《おもしろ》いと思《おも》ったのかも考《かんが》えてみよう。

ブラッキーの話《はなし》

- まいとママの会話《かいわ》から、ふたりがどのような親子《おやこ》か考《かんが》えてみよう。
- 最後《さいご》にでてくる「事実《じじつ》」と「物語《ものがたり》」、そして「真実《しんじつ》」の関係《かんけい》について考《かんが》えてみよう。

ヒロシマの歌《うた》

- 「ヒロシマの歌《うた》」というタイトルにはどのような意味《いみ》が込《こ》められているだろう？
- 「わたし」や「ヒロ子《こ》」がこれからどのように生《い》きるのかを想像《そうぞう》してみよう。

青葉《あおば》の笛《ふえ》

- 登場人物《とうじょうじんぶつ》の心情《しんじょう》と笛《ふえ》の音色《ねいろ》に関係《かんけい》があるか、考《かんが》えてみよう。
- 『平家物語《へいけものがたり》』について詳《くわ》しく調《しら》べて、気《き》になった話《はなし》を読《よ》んでみよう。

いとの森《もり》の家《いえ》

- 「私《わたし》」はどんな人物《じんぶつ》で、まわりの人《ひと》たちからはどのように思《おも》われているだろう？
- 自分《じぶん》と「私《わたし》」を比《くら》べて、似《に》ているところ、違《ちが》っているところはあるだろうか？

君《きみ》たちに伝《つた》えたいこと

- この文章《ぶんしょう》が「君《きみ》たちに伝《つた》えたいこと」はどのようなことだっただろう？
- 読《よ》み終《お》わって、自分《じぶん》の考《かんが》え方《かた》が変《か》わったところはあるだろうか？

おわりに

六年生《ねんせい》のみなさんにとって、読書《どくしょ》とは何《なん》でしょう？「楽《たの》しみ」、「ひまつぶし」かもしれませんし、「冒険《ぼうけん》」という人《ひと》もいるでしょう。また、「勉強《べんきょう》」、「苦痛《くつう》」という意見《いけん》も出《で》てきそうです。

私《わたし》は、「読書《どくしょ》は未来《みらい》を拓《ひら》くこと」だと考《かんが》えています。読書《どくしょ》は、そこに登場《とうじょう》する人物《じんぶつ》とともに出来事《できごと》を体験《たいけん》し、もしも私《わたし》だったら……と自分自身《じぶんじしん》を見《み》つめ直《なお》すことにつながります。物語《ものがたり》には、私《わたし》たちの感情《かんじょう》を揺《ゆ》さぶり、そして、心《こころ》を育《そだ》てる力《ちから》があります。

例《たと》えば、「きつねの窓《まど》」。この物語《ものがたり》は、「ぼく」の視点《してん》で描《えが》かれていて、読《よ》み進《すす》めるうちに、「ぼく」の心情《しんじょう》の揺《ゆ》れ動《うご》きに気付《きづ》きます。どうして、きつねは、指《ゆび》をそめることをすすめたのでしょう？　なぜ鉄砲《てっぽう》を欲《ほ》しがったのでしょうか？　このような問《と》いもわきあがってきます。そして、この物語《ものがたり》には、青《あお》いききょうの花《はな》が印象的《いんしょうてき》に描《えが》かれています。ききょうの花《はな》にはどんな意味《いみ》があるのでしょうか。花言葉《はなことば》を調《しら》べてみるとヒントを得《え》られるかもしれません。私《わたし》たちは読書《どくしょ》を通《とお》して、登場人物《とうじょうじんぶつ》だけでなく自分自身《じぶんじしん》の生《い》き方《かた》について考《かんが》えることができます。

ぜひ友《とも》だちやおうちの方《かた》と一緒《いっしょ》に、物語《ものがたり》を読《よ》んで考《かんが》えたこと、疑問《ぎもん》について語《かた》り合《あ》ってほしいと思《おも》います。そうすることで、読書体験《どくしょたいけん》がさらに豊《ゆた》かなものになり、皆《みな》さんの心《こころ》は大《おお》きく成長《せいちょう》することでしょう。皆《みな》さんが、読書《どくしょ》を通《とお》して、未来《みらい》への希望《きぼう》を抱《いだ》き、大《おお》きく羽《は》ばたくことを願《ねが》っています。

筑波大学附属小学校《つくばだいがくふぞくしょうがっこう》　国語科教諭《こくごかきょうゆ》　白坂《しらさか》　洋一《よういち》

著者略歴

宮沢賢治《みやざわけんじ》

1896年、岩手県生まれ。主な作品に『銀河鉄道の夜』『風の又三郎』などがある。1933年死去。

杉《すぎ》みき子《こ》

1930年、新潟県生まれ。主な作品に『小さな雪の町の物語』『わらぐつのなかの神様』などがある。

安房直子《あわなおこ》

1943年、東京都生まれ。主な作品に『うさぎのくれたバレエシューズ』『さんしょっ子』などがある。1993年死去。

立松和平《たてまつわへい》

1947年、栃木県生まれ。主な作品に「いのちの絵本」シリーズ、『山のいのち』などがある。2010年死去。

梨木香歩《なしきかほ》

1959年、鹿児島県生まれ。主な作品に『西の魔女が死んだ』『裏庭』などがある。

今西祐行《いまにしすけゆき》

1923年、大阪府生まれ。主な作品に『すみれ島』『ゆみ子とつばめのおはか』などがある。2004年死去。

あまんきみこ

1931年、満州生まれ。主な作品に「車のいろは空のいろ」シリーズ、『きつねのみちは天のみち』などがある。

東直子《ひがしなおこ》

1963年、広島県生まれ。歌人・小説家。主な作品に『春原さんのリコーダー』『青卵』などがある。

日野原重明《ひのはらしげあき》

1911年、山口県生まれ。内科医。100歳を超えても現役の医師として現場に立ち続けた。2017年死去。

底本一覧

やまなし
（『セロひきのゴーシュ』所収　ポプラ社　2005年）

あの坂をのぼれば
（『小さな町の風景』所収　偕成社　1982年）

きつねの窓
（『きつねの窓』ポプラ社　1977年）

海のいのち
（『海のいのち』ポプラ社　1993年）

グスコーブドリの伝記
（『新編　風の又三郎』所収　新潮社　1989年）

ブラッキーの話
（『西の魔女が死んだ　梨木香歩作品集』所収　新潮社　2017年）

ヒロシマの歌
（『ヒロシマのうた』所収　小峰書店　1970年）

青葉の笛
（『青葉の笛』ポプラ社　2007年）

いとの森の家
（『いとの森の家』ポプラ社　2016年）

君たちに伝えたいこと
（『新編　新しい国語　六』所収　東京書籍　2024年）

監　修

白坂洋一《しらさかよういち》

筑波大学附属小学校教諭。鹿児島県出身。鹿児島県公立小学校教諭を経て、現職。教育出版国語教科書編集委員。『例解学習漢字辞典［第九版］』（小学館）編集委員。著書に『子どもを読書好きにするために親ができること』（小学館）『子どもの思考が動き出す 国語授業4つの発問 』（東洋館出版社）など。

※現代においては不適切と思われる語句、表現等が見られる場合もありますが、作品発表当時の時代背景に照らしあわせて考え、原作を尊重いたしました。
※読みやすさに配慮し、旧かなづかいは新かなづかいにし、一部のかなづかいなど表記に調整を加えている場合があります。

よんでよかった！
考えを深める　教科書のお話　6年生
2025年2月　第1刷

監修	白坂洋一
カバーイラスト	髙橋あゆみ
カバー・本文デザイン	野条友史（buku）
DTP	株式会社アド・クレール
校正	株式会社円水社

発行者	加藤裕樹
編集	荒川寛子・井熊瞭
発行所	株式会社ポプラ社
	〒141-8210　東京都品川区西五反田3-5-8
	JR目黒MARCビル12階
	ホームページ　www.poplar.co.jp
印刷・製本	中央精版印刷株式会社

ISBN 978-4-591-18539-1 N.D.C.913 215p 21cm Printed in Japan

P4188006